Dionisio Giménez

EL DISCURSO
DE LA CORONA
y otros cuentos del 1-Octubre

ediciones | **la tempestad**

Primera edición: noviembre de 2018

© Dionisio Giménez, 2018
© de esta edición: Ediciones de La Tempestad SL, 2018

Ediciones La Tempestad®
c/ Pujades, 6 - Local 2
08005 Barcelona
Tel: 932 250 439
E-mail: info@llibresindex.com
www.edicionestempestad.com

ISBN: 978-84-7948-161-2
Depósito legal: B-28.286-2018
Impreso en la Unión Europea

Para Amanda, que acaba de nacer

Arrasado el jardín, profanados los cálices y las aras, entraron a caballo los hunos en la biblioteca monástica y rompieron los libros incomprensibles y los vituperaron y los quemaron, acaso temerosos de que las letras encubrieran blasfemias contra su dios, que era una cimitarra de hierro.
JORGE LUIS BORGES. *Los teólogos*

Índice

9
El Príncipe de los ojos

41
El discurso de la Corona

65
¡Ohhh, Carri!

85
Llarena en su laberinto

97
El hombre del sombrero panamá

109
El Informe Thomson

121
El Piolín a la hora del crepúsculo

129
Ladridos de perros en domingo

147
La oferta

151
Doña Leticia y la Báscula de Shangai

155
Ventus corrupta

El Príncipe de los ojos

1

Para Roger Español

1

Cuando en la mañana del día 1 de octubre de 2017 el suelo del colegio Ramon Llull recibió el cuerpo de Roger Español con una herida de bala en la cabeza, su grito cruzó la tierra y con él la imagen de Roger cuando intentaba retener la sangre que le manaba de su ojo derecho. Junto al cuerpo revoloteaba la deseable dignidad de un trozo de papel destinado al sufragio de una urna que, en aquel instante voló por encima de sus sueños. El escopetero que montó el arma, que eligió el blanco, apuntó y apretó el gatillo, no podía imaginar que su agresión recorrería el mundo pues de las formas antiguas de la tierra, los ojos son la parte sagrada del cuerpo.

Es en esa mirada del tiempo, entre la libertad, los sueños y la sangre, donde aparece un hombre alto y flaco, viejo antes de tiempo. Tiene los cabellos grises y revueltos, como deshojados. Viste una toga de lana y calza *cáligas* de cuero, anudadas por debajo de la rodilla. Ha dejado a sus espaldas una cortina de fuego, y corre reclamando piedad para sus ojos heridos por el incendio que ha devastado el Palacio de los Libros de Alejandría (el de las Mil Miradas), y que él ha querido sofocar sin conseguirlo. Dos mil quinientos años y 3.721 kilómetros separan las dos hostilidades.

Este hombre es Lucius Drusus Moabios, poeta, archivero principal del Palacio. Lucius vio arder la Sala de la Prudencia donde se disponían 40.000 papiros encuadernados, y corrió hacia el estrépito de las llamas implorando a Tefnut, la diosa de la lluvia. El fuego cegó sus ojos y dio a su figura un aspecto ceniciento, semejante a aquellos que, milagrosamente, superan la ceniza del volcán y se resisten a caer antes de convertirse en antorcha. Una alforja repleta de libros logró distanciar Lucius Drusus Moabios de las llamas. Con esfuerzo arrastró esa carga, con pena la dejó en el primer escalón mientras reclamaba a su diosa y a su gente de un soplo de agua que aliviara las llagas de sus ojos. Su último grito, que fue plegaria y luego oscuridad, se consumió como una pavesa en el frontispicio de la Biblioteca.

Entre los legajos que el poeta eludió de la hoguera, cinco tienen que ver con la presente historia. Declino los otros que, tras el incendio, ocuparon un lugar de prestigio en la Casa Argumental de Alepo.

Todos ellos, y muchos más, habían llegado al puerto de Alejandría procedentes de Masada, junto a un cargamento de dátiles de Shatt al-Arab, y de medio millar de ánforas destinadas a los anchos dominios de Ptolomeo, rey de Egipto. Bien que los recordaba el poeta, porque fue él, tres días antes del incendio, quien abrió los fardos y separó los legajos. Estos son los rollos: *El humor acuoso según Al-Razi*, *Protocolo de los ojos*, de Lazarus Devoto, *El milagro del iris*, de Honorable Galán, *Nomenclatura de la iluminación*, de Lupicio Normando, y el tomo 12 de *La oscuridad despierta* de Nestor Phiato Rosadis. Los cinco, resumen el saber de los ojos tres mil años antes de Cristo. En el primero, el sabio Al-Razi describe las propiedades de la raíz *astralon*, "cuyo humor cura la niebla de los ojos", así como la fórmula para obtener la pócima prodigiosa cuyas atribuciones pasarían de generación a generación a través de una saga conocida en el Creciente Fértil como los Príncipes de los Ojos. Eso fue posible, gracias al empeño de Nocturno Brisa Adopnis, el Recopilador, del que se sabe poco, excepto que era de origen caldeo, curaba los ojos y hablaba con los pájaros. Todo esto ocurría en un tiempo donde la ciencia tenía la misma persistencia que el milagro del agua.

2

La Casa Argumental de Alepo (donde se refugiaron los libros) fue destruida quinientos años después por los Adoradores del Sueño. Gente mística y extraña que defendía ese regocijo, comandada por

Karan de Tasalia, el mismo que velaba el sueño reparador de sus súbditos. Los Adoradores del Sueño rechazaban los signos de la escritura a la que consideraban perversa y, por lo tanto, ajena a la condición natural de los humanos. En cambio, adoraban el viento, defendían los ladridos de los perros y rendían pleitesía al desorden de los batracios. El prefecto de Roma en la región, Cayo Publio Escipión, castigó esas excentricidades con la excesiva crucifixión.

Durante mucho tiempo los papiros y sus guardines deambularon de una región a otra; recorrieron ciudades, reinos e imperios. El escriba hierático Quashie Sabah, juró que los había visto en la Morada de las Letras de Sidón, también los vieron en el palacio real de Rawa, en la Biblioteca de la Luz, en Susa, la ciudad de los elamitas, en la Fuente de los Poetas de Jericó... Cruzaron ríos, mares, océanos, montañas, valles y desiertos, hasta que, finalmente, aparecieron en la trastienda del anticuario judío Samuel Levi el Galeno.

Levi, un hombre cuyo rostro transcurría entre la conjunción del mármol y el lirio, inspeccionaba al comerciante Azur Farach Aboukir, de Biblos, en su tienda de Sharm El-Sheij en el Sinaí, mientras le recordaba el precio de los cinco legajos que, con tanto recelo guardaba en el hueco de la entrada, bajo el celo y el veneno de la serpiente roja del Nilo, la más letal de su especie. El visitante había dejado en el suelo la valija de cuero con sus cosas, y a un gesto de Levi entró en la trastienda en el mismo instante que el Matemático del negocio (un empleado enjuto, del color del aceite) saludó con un gesto inequívoco y salió. Después, bajo la luz mortecina de la lámpara de aceite, Aboukir contemplaba la escritura micénica de los libros, alternando gestos de confirmación y escepticismo que es la forma tradicional del tanteo. A ese arte de la simulación lo llaman los comerciantes judíos el *hilo del sastre*.

El silencio se rompió en el instante que sonó la campanilla de la puerta.

—Es Toor, mi ayudante —dijo el anticuario, arqueando una ceja—. Ha terminado su trabajo.

Los dos hombres describían una escena de puñales acentuada por las sombras chinescas que la prudente luz arrojaba contra la pared. El de Biblos, de aspecto desganado: ancho, redondo, grasiento, de traje ajado, de color gris; el otro, de cabeza puntiaguda, encorvado, metido en una levita, con ávidos ojos que recuerdan a los de los pájaros cuando se disponen a picotear a su presa. Al fin, el comprador sacó una bolsa de seda azul y vació su contenido en el mostrador. Veintidós monedas de oro tintinearon sobre el mármol negro. Samuel Levi meneó la cabeza y esperó. Aboukir se limpió el sudor que le perlaba la frente, y condujo nuevamente la mano al bolsillo: veinticinco fue lo convenido.

Por la noche, en la posada de Santa Catalina, en el Sinaí, el comerciante entornó la ventana de su alcoba, sacó los pergaminos de la caja, donde los había metido el judío, y se distrajo con la lectura. Anotó algunas expresiones y sonrió contento de la transacción. El sasánida de Persia Nahan Tezán, le pagaría los legajos con los cuatro diamantes convenidos. Dos serían suficientes para comprar la barcaza que fondeaba en el puerto de Basora; uno más para su favorita Sara, y, con el último, acometería la ampliación de su casa a las afueras de Biblos. Contento palmeó las manos: de madrugada partiría hacia Puerto Said donde tomaría el barco para Persia. Metió los legajos en una alforja y abrió la valija para buscarles acomodo, cuando tropezó con un cuerpo blando y escurridizo. Dos segundos le llevó su asombro, otro lo consumió el horror, y tres más para sentir como el pulso se le iba a algún lugar de la muerte. Enroscada en la alfombra al pie de la cama, la serpiente roja del Nilo esperó el sonido de la campanilla y la orden del Matemático. Dos ratas cebadas fueron su premio.

Un mes después Samuel Levi el Galeno subía al segundo camello reservado por el *agá* para la travesía hasta Gezira (Sudán), a la que se llegaba siguiendo la sonrisa del Nilo. La caravana, con sesenta y dos camellos, partía de El Cairo a ese destino tres veces al año. Ahora atesoraba un cargamento de estaño, pimienta, sal, ámbar y goma arábiga. En el primer camello iba la carga de Samuel Levi sujeta a una red de cuerdas, conducida por Kindi, el hijo menor del *agá*, un chaval de cabellos de violinista y rostro de floridas travesuras, que no paraba de sonreír. El judío se cubría la cabeza con un *hatata* blanco y rojo, sujeto con un *brin* negro, pues quería preservarse del interés que pudiera despertar la presencia (o la codicia) de un judío en una caravana. Y, desde luego, calibró, que el paraje desértico (por donde iba ahora) podría ser un lugar más que propicio para cualquier fechoría de los hombres *negligentes* que lo acompañaban.

Esta era su carga: dos sacos de semillas de la Rosa Perpetua, un gran espejo de roca obsidiana, de Persépolis, oculto en una manta; un toro alado, de alabastro, de los Jardines Colgantes de Babilonia al que no cesaba de escupir (había pertenecido a Nabucodonosor el Grande, el rey de Babilonia que ordenó destruir el Templo de Salomón). También llevaba dos cachos ilusorios de piedra desgajadas de las Tablas de la Ley, que Moisés estrelló contra el pueblo de Dios (entretenido durante su ausencia en rendir pleitesía a Baal, un becerro de oro), y un cajón lacrado en oro con los perfumes de Cleopatra que el Señor del Atardecer le había traído de China con la intención de seducirla. Pero sin duda lo que llamaba más la atención de los portadores era la extraña jaula de bambú vedada con un paño negro, de la que Samuel Levi no se separaba ni un instante. Kindi había jurado a su progenitor que aquella jaula estaba tan endemoniada como su dueño, al que le había descubierto una talega de ratas secadas al sol y, además, hubiera jurado (si jurar lo hubiera tenido por costumbre) que, de vez en cuando, surgía de la jaula un extraño silbido que el dueño aplacaba al momento.

—A lo mejor es el demonio, pues ningún humano silba así —le dijo el niño a su padre.

—El demonio no silba, eso es cosa de pastores cuando la noche se acerca.

—Entonces, ¿cómo sabemos de su presencia?

—Por las obras que el Maligno induce a las criaturas del mundo. En toda acción reprobable pulula el Maligno —sonrió—. Tú debes estar a punto de sucumbir, pues es blasfemo fisgar con lo que es de otro. Así que ocúpate de tus cosas, eso es lo que tienes que hacer.

Kindi obtuvo la respuesta de los labios del judío.

—Aquí dentro llevó al ruiseñor del Paraíso, del que es pecado separarse —mintió.

Al rato estaban todos en cuclillas alrededor de una tetera. El fuego consumía las ramitas de acacia seca, y cuando el agua empezó a hervir, el *agá* colocó tres tazas sobre unos guijarros, y dijo escanciando el líquido:

—El primer sorbo para la amistad, el segundo para el amor y el tercero para la dulce muerte. Si bebes de golpe —le censuró a Samuel Levi— no distinguirás una cosa de otra.

A pesar de la gravedad con la que el padre solía decir estas palabras, Kindi sonrío de oreja a oreja. Hacía tiempo que los ritos del desierto le atraían menos que los lagartos rojos que sacaban la cabeza por las dunas, para sumergirse de nuevo, y aparecer más allá, como si sacarán la lengua al forastero. En esta ocasión advirtió que al judío no le gustaban esta clase de ceremonias. Éste apuró la taza y se recostó contra un saco de semillas. Espantando las moscas se quedó dormido.

Al amanecer iniciaron la marcha. Dejaron Abidos al oeste donde todo era infinito, incluso las lagartijas; de camino el *agá*, decidió dar descanso a los camellos junto a una poza, a unos cien metros del templo de la diosa Hathor. Pronto alcanzarían Tebas. Aquí, en la gran Morada del Emir de las Perlas, Amoreo Zilla, el anfitrión, esperaba a Samuel Levi. Amoreo sólo quería una cosa del judío: los legajos del Príncipe de los Ojos, y cumplir la promesa de ofrecérselos al Faraón de la Seda, como se proclamaba Farah Kualj, de Katmandú, administrador de las rutas de Asia. Lo demás era un cuento con dos camellos.

Samuel Levi el Galeno nunca llegaría a Tebas.

3

En la sexta noche, la más estrepitosa, Kindi observaba los movimientos del judío con atención. Cuando vio que caía vencido por el sueño fue hasta la jaula y, con más temor que precaución, destapó la tela negra que la cubría. La noche era inmensa y cerrada, y sólo el rumor atareado del Nilo ponía vida al silencio. El chaval ensanchó como pudo dos barrotes de bambú de la jaula, metió la mano, tocó los papiros y, horrorizado, notó el mordisco inapelable de la serpiente roja del Nilo. Entre gritos agitaba la mano de un lado a otro del camino, corrió hasta el lugar donde dormitaba su padre, pero su lengua se trabó, y unos segundos antes de que sus ojos se convirtieran en dos huevos de paloma, señaló a su progenitor el origen del mal. La ingesta de euforbio no consiguió disuadir al veneno. El *agá* pasó la mano por la nuca de su hijo, suspendió la cabeza a un palmo de la tierra, y acercó sus lágrimas a la frente blanca y fría del chaval.

Veinte... treinta pasos... como mucho, separaban el dolor del *agá* del pánico de Samuel Levi, terror que devino en un sudor frío, premonitorio. Con un palo de avellano el padre destapó de nuevo la jaula de bambú, donde vio a la serpiente y lo que la serpiente protegía. Los ojos del *agá* anunciaron la daga impaciente. El primer tajo le cercenó la garganta al Galeno, el segundo fue del todo innecesario. Después, las aguas terrosas del Nilo se ocuparon de conducir el cuerpo río abajo, hasta el lugar de las ciénagas. Para el niño: un nombre, un lugar y dos fechas garabateados en una piedra fueron el único tributo para el que estaba predestinado a ser el gran *agá* de las caravanas. Sin dejar de llorar, el padre decapitó la serpiente, la abrió en canal y la colgó de un árbol. Allí quedó para los cuervos y las moscas. Ya se iban cuando, en el último momento la intuición le dijo que debía volver y salvar los manuscritos. Intentó comprender los signos de los papiros, pero sólo entendió un nombre, que él, su padre, y su abuelo habían deletreado en todos los idiomas que prosperaron en la terrosa Mesopotamia: Nocturno Brisa Adopnis, el Recopilador.

¿Qué tenía qué hacer con los papiros un hombre consagrado a los misterios del desierto? Arrojó la jaula a la lumbre, y cuando en un arrebato se disponía a hacer lo mismo con los legajos, algo dentro de sí le contuvo. Después, en solitario, anduvo siete kilómetros, bordeando el Nilo hasta llegar a la necrópolis de Lumet. Iba en busca del astrólogo Sástrico de Neve, el elegido por la diosa Hathor para desvelar las señales de los equinoccios. Él sería el depositario de los libros. Allí, en el templo de la diosa, bajo la capilla del Zodiaco, el *agá* encontró a este hombre sabio y prudente que había cosechado prestigio en todo Egipto por anunciar en el Acólito la presencia romana diez años antes de que esto sucediera. En Roma, el emperador le reconoció sus dotes de anticipación nombrándole tribuno real del Templo, un cargo que resultó un capricho.

El astrólogo comprendió que, en lo concerniente a los ojos, aquellos legajos contenían la sabiduría del Creciente Fértil, pero sin la comprensión de la fórmula, de los lugares donde crecía el *astralon*, así como las proporciones exactas que debían tener las pócimas para cada una de las enfermedades del ojo, sería tanto como presumir de un jardín infinito al que no se puede acceder a las rosas por ninguna de las puertas. Consciente de ello, y con la certidumbre de que los libros habían llegado hasta él por un azaroso destino, se dedicó en cuerpo y alma a buscar al último descendiente del Príncipe de los Ojos. Lo hizo enviando mensajeros de un lado a otro del Creciente Fértil, y más allá: desde Anatolia a Elam y también a las ciudades de Bakú y Bursa donde el sufista Ibn Makinza congregaba la Asamblea de la Incertidumbre. Finalmente, cuando creía que su propósito era inútil, un comerciante de dátiles que buscó posada en el Templo, camino de Aqaba, le informó de lo siguiente:

—Oh, sí, estimado señor, he oído hablar de que, en la Escuela de la Luz de Kalkilia, en la Tierra de los Profetas, hay un hombre santo, Tarek ibn Adam-Zul, que cura los ojos y sana el espíritu. Ignoro cuál de las dos cosas le conviene.

—Me bastaría con una —zanjó Sáscrito.

El comerciante juntó las manos, y casi en súplica le dijo:

—Honorable señor, si se empeña en viajar hasta allí, debe considerar seriamente los oscuros peligros que tendrá que resolver, pues las tierras (Jordania) que tendrá que cruzar, la de los seléucidas y nabateos, está ocupada desde hace años por los Asadores de Pestañas, gente primitiva y fanática que proceden del Cuerno (África Oriental).

Sástrico se quedó perplejo. A su edad no se sorprendía de los nombres que tomaban las escuelas de pensamiento. Conocía a los Sicarios, a los Ilusos, había oído hablar de los Necios, los Garamantas, los Israelitas, los Sátiros, los Sátrapas, y también de los Monótonos o de los Patéticos, pero ese nombre… los Asadores de Pestañas sobrepasaba cualquier exageración, y aunque era persona que frecuentaba el mundo de los jóvenes, le costaba admitir que éstos emplearan definiciones y adjetivos que ponían los pelos de punta.

—Supongo que no te habrás excedido con el *araq* —le dijo al comerciante—, quiero creer que habrás respetado la porción de agua que corresponde a cada trago de licor y, desde luego —lo escudriñó atentamente—, a cada vaso.

—Honorable señor, ningún comerciante prueba su mercancía y menos si es espirituosa. Ya sé que ese nombre suena estrafalario, pero le puedo asegurar que esta gente existe, y doy fe de que está endemoniada. No tienen sesos. Les han prometido que si pierden los ojos ganarán el cielo donde podrán ver la inmensidad del Paraíso. Tendría que verlos, señor, como los ha visto estos estos ojos que se han de tragar la tierra. Deambulan por el valle de Aravá cerca de Petra, se comportan como sonámbulos, tropezando unos con otros, como si hubieran perdido la razón o les hubiera encandilado el sol del desierto. Algunos van en formación, adelantados, por los videntes, que más tarde perderán esa categoría, y se incorporarán con el resto; otros los sustituirán, y luego otros, y otros... en una suerte de rueda sin fin. Es una locura, señor, para decirle que el anhelo de esta gente es hacer del Creciente Fértil un lugar donde no haya más visión que la del Todopoderoso, precisamente porque es imposible verlo. Créame señor, si decide viajar a Kalkilia hágalo por Sidón. Aléjese de ellos.

4

El comerciante de dátiles decía la verdad. Iluminados o poseídos por el Demonio, esta gente alardeaba de arrancar las pestañas y arrojarlas al fuego sin importarle más trofeo ni más fortuna que su obligación moral de hacerlo. Y es que, los anunciadores de esta secta habían abrazado el mensaje de los profetas con tanta exaltación que recelaron hasta de las Escrituras Sagradas que leían, a las que, después de venerar, las embadurnaban con resina de alcornoque y les prendían fuego para que la Palabra no se inoculara de las manos contaminadas del hombre. Novorad al-Sabiri el Amatista, filósofo y erudito de Al-Muthanna creía que los Asadores de Pestañas procedían del Círculo de los Redentores, los que militaban en el fuego de la purificación y que, con el tiempo, abrazaron el rito de la ceguera. Otros, sin embargo, postulaban que eran los restos de una tribu de Alasia a los que llamaban los Hombres sin Tierra.

Esa extravagante locura llevó a los Asadores de Pestañas al borde del paroxismo. Sus líderes religiosos interpretaban que el capítulo 20, versículo 4-6 de Éxodo, legitima esta forma de pleitesía al Dios Todopoderoso, ya que en éstos Jehová censura la reproducción de cualquier imagen para cualquier culto. Y puesto que la representada por el hombre carece de aliento, Jehová obligará a los que han osado imitarle a insuflarle vida, cualidad para la que, sin duda, no están dotados. Consecuentemente, el imitador será aniquilado, como lo serán también los que miran alevosamente la Creación, pues esa magnificencia sólo la puede abarcar la mirada de Dios. Para los Asadores de Pestañas vaciar los ojos hubiera sido la acción más concluyente para castigar la osadía de la imitación, pero como se creían gente de bien, convinieron en practicar una mutilación primaria que consistía en arrancar los pelos de las pestañas y arrojarlos al fuego no fuera caso que la persistencia del Demonio (que era mucha) los reubicara a su lugar de origen. Es verdad que nacerían otros, pero tardarían al menos diez semanas, tiempo más que suficiente para que los ojos, al carecer del escudo protector de las pestañas, sufrieran la niebla de todos los males y las supuraciones de todo signo, flagelación que los acercaría al Paraíso. Lo más paradójico de este despropósito —lo más insólito también— es que la gente parecía feliz, hasta el punto, que cantaban alabanzas a Dios por proveerles de la virtud de la ceguera.

Este asunto religioso no estaba en los planes de Sáscrito de Neve, aunque lejos de disuadirlo constituyó un doble estímulo para emprender el viaje. Tal vez, pensó, que a su regreso podría informar al centurión romano en Egipto, Optimus Ulpius, y así ganar más atribuciones en el Templo, pero también se dijo que antes tenía que comprobar, personalmente, la veracidad del testimonio del comerciante de dátiles, pues para él, los que se instruyen en el comercio someten las palabras al capricho de sus intereses.

Tras dieciocho días de viaje, Sáscrito de Neve llegó a las puertas de Kalkilia, un pueblo de ávidas calles, y casas serenas y blancas, que se alineaban en círculo para protegerse del viento, que allí era tan intenso que doblegaba los árboles. En la casa de Tarek ibn Adam-Zul (el último Príncipe de los Ojos), la única donde dormía la hiedra en la pared frontal, obtuvo hospitalidad y agradecimiento por el regalo más codiciado que los curanderos de ojos podían desear: los cinco libros de Nocturno Brisa Adopnis, el Recopilador.

—Grande y heroico ha sido tu empeño —le dijo Tarek—, no porque yo crea merecerlo, sino por lo que significan los libros para los demás. Mi abuelo Baraka temiendo que los sicarios de Herodes dieran muerte a toda la familia, tuvo la gracia de enviarlos al Palacio de las Mil Miradas... Y ahora vienes tú, como si el cielo te hubiera guiado hasta Kalkilia. Viéndote, oyendo lo que cuentas, mi corazón se ha puesto a bailar.

Tras el almuerzo, y mientras Tarek ultimaba la infusión de hierbabuena, le dijo a Sáscrito:

—Con respeto a esa gente que se dedica a quemar las pestañas, poco hay que decir de ella, salvo que padecen una doble ceguera: la mutilación y el entendimiento. Me recuerdan a los Ladrones de Colores, una tribu de Indostán, empeñada en suprimir la alegría de las cosas de este mundo y que, enfrascados en una lucha inverosímil contra el azul del mar, éste acabó engulléndolos. Con unos y otros el fanatismo nunca tuvo mejores pregoneros —escanció la infusión en los vasos—. Y es que, como ves, querido Sáscrito —dijo besando con fervor la hierbabuena—, salvaguardar las especies es lo que nos debe preocupar, porque el Creador no puede asignar un ángel a cada una de sus criaturas como no lo haría un general a cada uno de los soldados de su guarnición.

—Un dios que se desentiende, es un dios menor —dijo Sáscrito.

—Oh, no, Jehová cuida el conjunto, pero de la unidad nos ocupamos nosotros, y somos nosotros los que debemos discernir entre el manantial y la poza. Mi nombre, como sabes, es Tarek, mi apellido precedido por *ibn* recuerda que soy hijo de Adam, como éste lo fue de Baraka, y aquel de Zul el Ceremonioso, el que fuera dignísimo vigésimo octavo descendiente de Nocturno Brisa Adopnis. Cada cosa, cada nombre, debe tener la dignidad que merece.

—Sí, de acuerdo —convino Sáscrito de Neve—, pero no estoy seguro de que la especie merezca tanto sacrificio. En cambio, la curiosidad sí.

—Y la fe —buscó un ejemplo que se le resistía—... La fe, por ejemplo, hace que el niño libre más hilo a la cometa para que ésta se eleve más y más. Si te fijas bien, en la cometa van los ojos del niño.

—Opongo a la fe la curiosidad —replicó Sáscrito—. La fe es un asunto de los mayores. El niño, al que has recurrido, sólo busca la aventura de las nubes y el viento. No se pregunta por el origen ni naturaleza de una cosa u otra.

—No, porque su anhelo es el cielo infinito.

—Claro, un espacio que quiere conocer, no venerar. La cometa es una frivolidad del viento —argumentó Sáscrito de Neve—. Es en la generosidad del hilo donde reside el valor de la exploración, la curiosidad. Eso es lo que quiero decir.

La conversación se hubiera podido alargar más que la soga de un pozo. En este punto se quedó.

5

Tarek ibn Adam-Zul estaba emparentado con la retórica, una sustancia dialéctica que tiende a la subordinación del discurso, pero que estimula el pensamiento situándolo en un cruce de caminos. No se cansaba de decirle a sus pupilos en la Escuela de la Luz, aquello de que "se elige una manzana, se parte con los dientes y se recuerda con el corazón", para así inculcar en ellos la dignidad —o el apellido —de todo lo que nos rodea por ínfimo que nos parezca. Ahora, con disimulo, intentaba escudriñar a su invitado a través del intercambio de conceptos y frases sueltas al azar de las que no se sentía satisfecho. Estaba convencido que Sáscrito era un buen hombre, aunque su condición de astrólogo lo había elevado en la misma proporcionalidad con la que se había distanciado del barro.

Permanecían sentados en el suelo sobre una estirilla de cáñamo. Habían apurado la infusión, y Tarek iba metiendo cagarrutas de cabra en los hoyos alineados en el tablero del *manqaba*, mientras Sáscrito, sin participar, observaba el movimiento de las manos que parecían sobrevolar sobre el juego con la levedad de una mariposa. El aroma fresco y sutil de la hierbabuena, los visillos de algodón que mesuraban el sol de la tarde, los acordes cercanos de un laúd y el murmullo de la fuente del patio invitaban a la modorra. A los dos se les notaba el origen: Sáscrito erguido, con el cuello estirado y las manos varadas como remos a lo largo de las piernas; Tarek ligeramente encorvado espantando a las moscas con la mano abierta, que también le servía de abanico. A pesar de la canícula y de algún que otro disimulado bostezo, trataron el asunto de los Asadores de Pestañas, y acordaron viajar a esa región devastada por el fanatismo.

Ya, en camino, que era de cuatro días con sus noches, discurrirían entre la arena, las estrellas y el sándalo cuál sería el remedio que pudiera aligerar la vida de aquella gente. Tras la segunda noche, junto al fuego que animaba una tetera, Tarek preguntó:

—¿Sabes si en esa tierra abundan las montañas?

—No sabría decirte, pero vaya, los constructores bien que levantaron las murallas de la ciudad con las piedras de basalto de por allí. ¿Por qué te interesan?

—Porque necesitamos piedras de hielo.

—¿Te refieres al cristal de hielo?

—Sí —confirmó, pues era conocedor de las muchas formas con las que llamaban al mineral de cuarzo—. Esta piedra atenúa los excesos del sol, mesura la luz y tiene la virtud de sujetar las emociones y hasta… la diarrea.

—Muy santa debe ser esa piedra —añadió Sáscrito escanciando la infusión de arándano en los cubiletes de cobre.

—No todos los ojos tienen el mismo nivel de iluminación —dijo Tarek con una sonrisa, que era rara de ver en él.

El propósito de Tarek ibn Adam-Zul era salvar los ojos de aquellos que habían sido martirizados por la pasión exagerada de sus dirigentes, y en especial la de proteger el iris y la pupila, ahora vulnerables por la ausencia de las pestañas. Rechazó la sugerencia de Sáscrito de acudir al Consejo de las Caravanas, pues a él los gobiernos no le interesaban. Le parecían cónclaves que se alternaban con mayor o menor acierto en la administración del país. Gente poderosa —pero también infeliz— que decretaba normas, fijaba impuestos, o sobrecargaba al ejército con prebendas para asegurarse el poder, mientras urdían conspiraciones inicuas que terminaban en oficios de sangre. Esta gente poderosa no se inmiscuía en los asuntos de Tarek, contaba con los cirujanos a los que retribuían con toda suerte prebendas.

Desde hacía tiempo los caravaneros que llegaban de las anchas distancias del Este narraban que en la antigua provincia de los seléucidas ocurrían sucesos endemoniados. Contaban que los gobernantes del Creciente Fértil en su lucha contra los romanos de Pompeyo habían acordado alianzas precarias con toda clase de etnias: semíticos, partos, mamelucos, amorreos, nabateos, y por último los Asadores de Pestañas, antaño expulsados de Erbil, a los que acusaron de incendiar el santuario de los Adoradores del Diablo y del secuestro del Pavo Real, su representación religiosa. Todos, náufragos de reinos, de imperios y deidades que fueron gloria y después ruina, pero que aportaron costumbres, dioses —y manías—, tan distantes tan alejadas los unos de los otros, que convirtieron el país en una representación de la Torre de Babel. Así, Dushara, la deidad venerada por los nabateos convivía con Jehová, el Dios de los Asadores de Pestañas, y también de los samaritanos, los arameos, y de los israelíes, asentados en las tierras de Judá, como Analtis lo era de los seléucidas o Zoroastro de los partos, por no hablar de los que congregaba el panteón romano cuya clasificación haría ingobernable esta historia. En cualquiera de los casos, viajar a este territorio tenía para Tarek una sola razón: cumplir con el mandado de Nocturno Brisa Adopnis, que no era otro que sanar allí donde fuera posible y a toda la gente que pudiera. En cambio, Sáscrito de Neve buscaba el valor de las emociones, el propósito de narrar a los sacerdotes del Templo una aventura prodigiosa.

El río Jordán quedaba a sus espaldas. Se habían refrescado, y los camellos almacenado agua suficiente para internarse en el territorio. Gente de las Veredas les aconsejó que no alardearan de ver más allá de lo que les dictara la prudencia.

—Así actuaremos, Sáscrito —le dijo Tarek Ibn Adam-Zul, temiendo que su amigo hiciera lo contrario—. Por lo que veo, los Asadores de Pestañas son astutos, campan a sus anchas, y las víctimas no se consideraban como tales. No hace falta decirte que estamos en una encrucijada.

—Si las víctimas no se consideran como tales —razonó Sáscrito—, esto los convierte en idiotas.

—¿Idiotas? Nadie lo es en su totalidad. Los gobiernos más despóticos creen que su gestión es tan dulce como la remolacha de Galilea —le respondió Tarek—, de igual manera que los súbditos piensan que las víctimas siempre son otras, y que el verdugo nunca les señalará con el dedo. Cuando ese equilibrio se rompe, los primeros propagan que han sido elegidos por los dioses, a los que, naturalmente, no se les puede pedir explicaciones; los otros, ignorando el movimiento continuo, delegan en las generaciones venideras lo que ellos no han sido capaces de afrontar con determinación. Todos se engañan, unos por inicuos los otros por cobardes. Si aplicamos este embrollo a los Asadores de Pestañas habrá que convenir que, si no ponemos remedio en un tiempo prudencial, el Creciente Fértil será el paraíso de los ciegos gracias a la demencia de unos y a la desidia de otros.

Dos días después se plantaron en el valle de Aravá, o el de la Sal, a decir de los edomitas. Un lugar donde coinciden los escalpados con el agua terrosa de los oasis, y en el que las montañas suaves dan paso a envolventes caminos que parecen trazados por el baile de una peonza lunar. A vista de pájaro el valle tiene en el crepúsculo el color de la harina tostada, aunque al amanecer la sabana parece vestida de plata bajo un sol efervescente. Hacia el norte, todo se bifurca, termina o empieza, en un laberinto de tonalidades ocres, roto de vez cuando por los ásperos sombreros de las acacias y por el atareado silbido del viento; por el sur, el mar Muerto parece una línea pintada de azul en la lejanía de un sueño infantil. Y, sin embargo, por estas planicies silenciosas (donde el canto de la alondra parecería una fanfarria), pasó el estrépito de los ejércitos, cruzaron los hebreos en busca de la Tierra Prometida, y se refugió David (el que sería su rey) huyendo de los gentiles, que era todo el mundo, menos ellos.

Tarek ibn Adam-Zul y Sáscrito de Neve habían llegado a su destino… o casi. Bajo los restos de una casa de tapiales los dos hombres se refugiaron. Allí pasarían la noche, allí se quedarían dormidos viendo las estrellas fugaces deambular de una punta a otra del cielo, como si fueran a la fiesta del universo. Eso (inevitablemente) sería después de la infusión de yerbabuena que el Príncipe solía preparar, pues el arándano era cosa de Sáscrito.

Al día siguiente, en uno de los campamentos, cerca de la Ciudad de Piedra, Tarek pudo constatar la veracidad de lo que hasta entonces dudaba. Los Asadores de Pestañas se habían establecido en el este de Aravá, en el límite de la ciudad de los nabateos a los que consideraban sus hermanos. Lo que vieron se les antojó irreal: hileras de hombres y mujeres se desplazaban entre los campamentos con la ayuda de una cuerda que los unía, cantando salmos, y elevando las manos al cielo. Todos los movimientos, todas las acciones las compartían en una procesión interminable. El hecho individual no existía. Tarek contempló a esta gente con estupor, pero también con indulgencia. Un sentimiento entre el rechazo y la ternura se apoderó de él, y se preguntó si esta gente sufría demencia o reclamaba ayuda para salir de una espiral que amenazaba con tragárselos. Dos mujeres le mostraron al Príncipe la lesión de sus ojos, que de inmediato repusieron de que no era tal sino un merecido privilegio. Tras examinarlos, Tarek concluyó que no podía reponer las pestañas, ya que los párpados habían sido dañados severamente por la extracción de los cabellos. Pero, de haber podido... ¿de dónde sacaría los pelos? Ni el cepillo de Nefertiti cumplía con ese refinamiento. Después de darle vueltas a la cuestión convino que lo mejor era limpiar los ojos con flores de aciano y saúco y esperar que crecieran los pelos de las pestañas. Mientras tanto, había que salvaguardar la pupila de las inclemencias, proteger la córnea, el cristalino... Bastaría con que le autorizaran colocar un pañuelo en la frente a los que padecían estas lesiones para que el sudor no rebasara la contención de las cejas y alcanzara los ojos. Sin embargo, se sorprendió de que algo tan sencillo fuese tan complicado cuando Dios anda de por medio.

Ni que decir que Tarek ibn Adam-Zul se valió de su prestigio para concitar la atención que reclamaba. De situaciones parecidas había salido airoso, como en aquella ocasión —recordaba ahora— en la que un rico mercader del reino de Aksum le ofreció un camello a cambio de que pudiera ver a Dios en los días nublados. Después de una intencionada plática Tarek dedujo que aquel hombre discernía que el sol era la única representación de Dios. En su rudimentaria fantasía quiso que el sanador de ojos le proveyera de un conjuro para engañar a las nubes, o al menos distraerlas. Tarek rememoraba esta historia con cariño. Para él, que los dioses fueran de oro, de barro, que estuvieran o no asociados a la lluvia, a las nubes, al viento o a la sangre, carecía de importancia, pues ninguna deidad se encariña con el mundo que ha creado.

Trabó amistad con aquella gente. Discutieron acerca de las Escrituras, reflexionaron sobre lo real, lo simbólico, acerca de la destrucción del mundo y de las leyes generales de la fe y de las costumbres. Tarek se empeñó en hacerles ver que, en lo concerniente a Jehová y sus preceptos, había que discernir entre la metáfora y el axioma, el principio y el consejo; que no existe un tiempo para todo porque no hay dos instantes iguales, y que la vida no era, sino, un sueño de sombras, una concatenación de pequeñas casualidades. Después de conversar durante largas semanas con unos y con otros, tras agotar el *araq* y el pan de miel en las interminables charlas que se prolongaban desde la negra noche hasta el canto del gallo, Ibn Adam-Zul reunió a los ocho líderes de los Asadores de Pestañas, así como a la gente más influyente y les dijo desde el Acólito:

"Los Libros Sagrados contienen 1.679 invocaciones a la Luz en cualquiera de sus formas, mientras la oscuridad consigna 382. Hasta un conejo podría deducir que esa diferencia establece la importancia que Jehová atribuye a los ojos que, junto con el corazón y el hígado son una parte esencial de la vida —miró a Sáscrito que permanecía serio, con los brazos cruzados—. De igual manera si las tinieblas hubieran vencido a la claridad de la mañana, yo no distinguiría el bien del mal, ni el apego a la Palabra de todos vosotros, cualidad que he observado desde que mi camello bebió en el primer oasis de vuestro territorio. He podido ver en el estanque la elegancia del cisne, me he deleitado en el corral con el balar de las cabras, he disfrutado con el color de los pájaros, y he dado gracias al Altísimo por el milagro posterior de la gallina, a la que me gustaría honrar por la elegancia de su plumaje. Todo esto tiene que perseverar. ¿Os imagináis un ángel ciego con un candil para que lo santos no tropiecen con él? Coincidiréis conmigo que las palabras, las que decimos, y también las que leemos y escribimos, son como las hojas de la calabaza: las del anverso, las que reciben el sol y la lluvia conservan la delicada textura de los elementos, mientras que las del reverso reflejan los tonos oscuros, la humedad, y son más dadas al estropicio de las plagas que suben del tronco. Por eso, los hombres santos infieren en la necesidad de cribar los enunciados del Libro con las representaciones simbólicas. Cuando Jehová le ordenó a Abraham que levantara el cuchillo contra su hijo, no entraba en sus planes que el acero cumpliera la orden. Creedme: No se puede leer la grandeza del libro de Éxodo en el fondo de una cueva; es deplorable celebrar los versos de David en la penumbra, no es posible alcanzar la magnificencia de Jehová con los ojos vedados, porque Dios es Luz de Luces. Aquello que los ojos han visto, desde el amanecer hasta el ocaso, del océano a la charca, de la primera a la última estrella, se funde en el tiempo de las historias."

Mientras hablaba estudiaba las expresiones involuntarias en el rostro de aquella gente: el valor de la sorpresa, la incredulidad o la negación. Observó que algunos se tapaban los ojos con las manos para evitar el pecado de la visión, pero advirtió en otros la necesidad de seguir escuchando. Animado por esta actitud prosiguió:

"… En el taller del escultor de todos los pueblos que conozco, hay obras de bronce y barro en el suelo, son los rostros de la propia tierra que os mira. La leve capa de polvo que cubre los barros cocidos es barro sobre barro, el rostro que el tiempo arrastra, y que, con minuciosidad, se refleja en la pupila. Cien mil objetos creados por piadosas manos, que ahora ignoráis, están dispuestos para alegrar vuestra vida y hacerla más llevadera. Todo aquello que nos rodea reclama la dignidad de vuestra mirada, y, por lo tanto, exige ser tenida en cuenta. Cada imagen tallada (porque fue encontrada, porque se dejó transportar hasta allí, porque tomó aquel lugar y no otro, porque fue puesta en acuerdo o en oposición con los que la rodean) es una digna entidad surgida de la pasión del artista. ¡Mirad dónde estáis y clamar al cielo! ¡Petra, la ciudad que os recibió, y de cuyas fuentes bebéis, es la mejor ofrenda a la capacidad del ser humano para honrar a Dios! ¡Oh, Misericordioso! Habéis pecado más por ligereza que por culpa. Sería bueno para la obra de Dios que dotéis a cada cosa, a cada asunto, de la visión que merece, y esto incluye la que le ha sido hurtada a vuestra gente. Para ese menester necesito veros, y también, y, sobre todo, que me veáis vosotros".

A las palabras de Tarek le siguieron toda suerte de textos y contra textos bíblicos en un número tan elevado que las noches se hacían pequeñas y los días escasos. Sin embargo, no hubo incuria, se habló, eso sí, de los impíos, de los adornos del mundo, del egoísmo de las estrellas, de la vana retórica de los hombres, de la duplicidad de las sombras y hasta del ensimismamiento de la Luz. Y todo ello fue posible porque los Asadores de Pestañas podían ser intransigentes —que lo eran—, pero militaban en la cultura y profesaban (más allá de las apariencias) la noble disciplina de los pareceres. El día que las partes convinieron de que todo —o casi— estaba ya dilucidado, brindaron con *araq* y cantaron el Salmo 91, el de la Protección.

Aquel día, en aquella ocasión, había cierta solemnidad en el ambiente. El sol tibio de la tarde se reflejaba en las paredes de piedra como si fuera el último centinela de una ciudad encantada. Hasta que el sosiego dio lugar al trajín de los niños que, con sus gritos y risas pronosticaban la llegada a Petra de la interminable caravana que venía de Yemen con destino a Siria cargada de incienso. Delante de la fuente que anticipaba, más arriba, la tumba de Miriam, la hermana de Moisés, los portadores se refrescaban rememorando la fantasía de que fue allí, precisamente, en ese mismo lugar, en la Fuente Eterna, Moisés hizo brotar agua del corazón de una piedra rosada para que bebieran los hebreos que se aventuraron en su largo éxodo en busca de la Tierra Prometida.

Las horas se ensancharon gracias a la picardía del vino. Y cuando todo parecía concluido, Sáscrito de Neve condujo a Tarek Ibn Adam-Zul a un lugar discreto, y le dijo, fuera de su tono amable:

—Esta gente son hermanos de la barbarie y tú los has tratado con una cortesía de reyes. Incluso has bebido con ellos, y te has congratulado con sus risas. No hemos venido hasta aquí para regalarles los oídos sino para reprender su actitud. ¿Qué vamos a hacer ahora?

Ibn Adam-Zul apuró el último sorbo de licor que le quedaba en el vaso de cobre. Se limpió los labios y replicó:

—No creo que sean tan bárbaros, pues los nabateos conviven con ellos.

—Los nabateos son gente de las Veredas, mercaderes y hombres de paz, como lo fueron los fenicios; los otros son como un pellizco en el corazón.

Las manos de Tarek buscaron el hombro de su amigo.

—Sáscrito, no exageres —le dijo—. Yo soy contrario a las lisonjas, pero la historia de la humanidad fortalece el principio de que la cortesía abre las puertas vedadas, y que el perfume de las palabras resulta decisivo contra el oprobio del vinagre. Sabes que para liberarse de un error es necesario haberlo cometido. No es la permisividad, ni siquiera la sutileza la que me lleva a comportarme así, sino la dialéctica de la persuasión. La hostilidad tiende a expresarse a través de la ignorancia, en este caso de los que podían verme, y yo no he visto en ellos ninguna mirada turbia.

—¡Yo sí! —repuso Sáscrito de Neve—. Incluso he oído decir a alguno que eres un enviado del Abismo.

—¿Y qué? Ese lugar está muy lejos... No hemos venido hasta aquí para celebrar una asamblea de espadas, estamos aquí para curar, y eso significa comprender. No hay mayor compañero de la pelea que la línea que sugiere límites. Esta gente ejerce la figuración. Nosotros debemos saber lo que el tiempo contiene.

Corría el relente y de vez en cuando, una bocanada de aire, unida a un cielo que era del color de las berenjenas anunciaba tormenta. Era otoño, la estación en la que el siroco anticipa la furia de arena y viento. Tarek se cubrió el cuello con un pañuelo, pasó la mano por la espalda de Sáscrito de Neve, invitándole a caminar, y le dijo:

—Para convencer, querido Sáscrito, hay que invitar a soñar, hay que provocar imágenes, concitar pasiones, modular la verdad, que es de todos, como el sueño, la voluntad y el aire. Si las palabras no alcanzan el corazón, si sólo sirven para mover la lengua y los músculos del cuello, las palabras serán como la lengua del camaleón antes de cazar la lagartija, o la capacidad de mudar el color según las circunstancias. El reto —el suficiente y mínimo reto— está en compartir lo heterogéneo porque de esa diversidad, incluso de ese antagonismo estamos hechos. Esta gente quería llegar a la Eterna Claridad desde el vacío de los ojos. Ahí radica su locura, pero también su grandeza —se detuvo un instante, y ahora, con voz más calmada prosiguió—: En Masada, vi con mis propios ojos cómo los moradores temían más a los romanos que a los partos. En aquella confusión resultó difícil discernir, si mis vecinos les horrorizaba más la naturaleza del Imperio romano que la vergüenza de la derrota por los partos. Esa falta de albedrío concluyó con la victoria de Herodes, un judío que fue tan cruel con los que profesaban su religión, como con su sangre. Se olvidaron de él. Lo que quiero decir es que debemos huir de lo aparente (Sáscrito guardó silencio). Y ahora —dijo dando una zancada— vayamos a las canteras. El cristal de hielo nos espera. Así lo hemos convenido.

Melcíades, un puntero que trabajaba en la Tumba de los Obeliscos de Petra, los condujo al lugar donde antaño los picapedreros extrajeron las piedras para construir la entrada de la necrópolis. Montañas de rocas se amontonaban cerca de la cantera, mostrando colores tan vivos que parecían recién pintadas. El tono rojo y azul de la filita, el gris amarillento del granito, el verde clamoroso del olivino, el blanco y rosa del mármol o las piedras rojas saturadas de azufre, parecían venas abiertas al sol en un lugar donde los dioses dispusieron que la piedra fuera arte en sí misma. Y de todas ellas la arenisca constituía la mejor amalgama para cualquier pintor que apreciara las sutilezas. La ciudad de los nabateos era, sin duda, el corazón de las piedras.

—Ésta —dijo Tarek ibn Adam-Zul apuntando con el dedo a un gran bloque de piedra blanca—… ésta es la piedra del agua, la que necesito, la piedra de Moisés.

Sáscrito se mostró indiferente.

Noventa hombres, treinta y dos mujeres y un montón de niños (ocupados éstos con las ánforas de agua) trabajaron día y noche durante cuarenta días, laminando el cuarzo de roca hasta que los trozos se asemejaban a delgados discos planos, redondos y casi transparentes. Manejaban el pedernal con fruición siguiendo las instrucciones del Príncipe que, de forma ritual, medía el grosor y decidía sobre la idoneidad del disco. Fue una tarea ardua, meticulosa, y para muchos incomprensible, pues no atinaban a comprender el alcance de aquel trasiego. Diez sacos de discos, un serón y tres espuertas fueron el premio a una tarea ingente. Pero aún quedaba mucho por hacer. Tarek habilitó ocho jaimas en las que un centenar de mujeres habilidosas debían cortar tiras de cuero de cabra, de tres palmos de largo por tres dedos de ancho, hacer dos orificios en ellas, algo menor que el disco, y untar los bordes con brea blanca para acomodar el cuero a los cristales de cuarzo. Los extremos debían ser delgados para anudarlos por encima de la nuca. Cuando todo hubo concluido, Tarek ató la tira de cuero a la altura de su cogote, dio unos pasos, y en medio de la multitud, se desató aquel ingenio y lo elevó por encima de su cabeza como si fuera un trofeo. Las risas de los niños llegaron por todas partes.

Tarek ibn Adam-Zul acababa de inventar las gafas.

Ahora los Asadores de Pestañas podían mirar al sol, cubrirse los ojos del polvo, realizar sus tareas en el campo, y esperar a que las pestañas amanecieran en los párpados. Los cristales de cuarzo fue la primera medida de otras muchas que, con el favor de los líderes menos intransigentes, supo implantar Tarek en esta comunidad.

En el día y la hora señalada los dos hombres se separaron. Un abrazo selló la despedida, tres besos el valor de lo perpetuo. Sáscrito acometería el largo trayecto hasta donde el Nilo se ensancha, Tarek regresaría a Palestina, pero esta vez no lo haría por Sidón. En el primer cruce de caminos se detuvo. Delante de él, una señal indicaba Aqaba, al sur, otra Madaba y el mar Muerto al norte, pero ninguna anunciaba su destino; preguntó a uno de las Veredas cuál era el camino más corto para llegar a Kalkilia.

—El camino de Madaba es el más corto, pero también el más peligroso, pues tendrás que lidiar con la sed, la arena y las hienas. Tú verás. Cuando cruces el Jordán, coges el camino de Jerusalén hasta Or Yehuda... siempre por el Sendero Verde. Ese camino te llevará al lugar de Kalkilia (mientras el lugareño hablaba, Tarek reparó en la cinta de cuero que le apretaba la frente).

—¡Qué el Bondadoso te bendiga! —exclamó. Dudó de la conveniencia de arremeter con la segunda frase. No pudo evitarlo—: Y ya de paso, te informo que los cristales de agua son para los ojos y la venda para el cogote.

6

Tarek Ibn Adam-Zul guardaba la ciudad amurallada de Masada en una zona luminosa de su corazón. Sus calles colgadas en aquel emporio de piedras blancas y rojas, en medio de la vastedad del desierto, fueron en sus primeros años el lugar de sus juegos y por lo tanto el paraíso al que siempre se vuelve. Recordaba la noche en la que Herodes el Grande llamó a las puertas de la ciudad huyendo de los partos que habían conquistado la región. Con él iba su madre Ciros, su amante Mariamne y su hermana Salomé. Los romanos ampararon a Herodes, expulsaron de Judea a los partos, y tomaron prisionero al líder judío que los apoyaba, Antígonas Matatías, al que decapitaron.

Antes de eso, una madrugada de enero, tres jinetes, y un caballo de refresco, llegaron a Masada en busca del Príncipe de los Ojos. Un anciano llamado Baraka, le salió al paso, y tras escuchar el mensaje que traían cogió un zurrón con sus cosas, montó en el caballo y desapareció con ellos por el camino de la Serpiente. Las protestas de su hijo Adam, de la mujer de éste, y de los lloros del pequeño Tarek no le disuadieron. En Jericó le esperaba el arquero principal Ligustro Nikamor, lugarteniente de Antígonas, caudillo de los partos. Éste, postrado en su lecho, doliente, junto a una espada que no podía manejar, se consumía más por la inacción que por el dolor. Una flecha en un mar de flechas, bañada en brea, le había dañado la vista. Sin embargo, no padecía más herida que una severa inflamación de los párpados, y una cicatriz en el pómulo. Baraka asistió al arquero durante seis días. Las cataplasmas de *astralon*, y los baños de resina de picea resultaron beneficiosos para el guerrero. El portento del barro negro se ocuparía de cicatrizar la herida del pómulo derecho. Dos pequeños diamantes azules, que Nikamor guardaba desde la campaña de los partos en Persépolis, consignaron el premio a la dedicación del Príncipe.

A su regreso a Masada le esperaba a Baraka la ira de Herodes el Grande y la exactitud del verdugo. Acusado de socorrer al enemigo, la cabeza del Príncipe permaneció anclada en el Frontal de los Aljibes. Debieron pasar muchos años para que las crónicas de Emilian Traianus Carso, en el Foro Romano, dieran fe de que los cuervos, tan proclives a hurgar en las cavidades blandas de los muertos, respetaron los ojos de aquel hombre, cuya fama de bienhechor se extendía por todo el Creciente Fértil.

Adam y su hijo Tarek se establecieron en Kalkilia, Palestina. Cuando Tarek cumplió veinte años, su padre lo coronó Príncipe de los Ojos, en la Escuela de la Luz, pues ya era fama en todo Oriente, que el joven Tarek había sido alumno de dos grandes maestros: el abuelo Baraka y el hijo de éste, Adam. Uno y otro le habían transmitido las virtudes curativas de la raíz de *astralon*, y el lugar secreto donde crecía: el Valle de las Dos Lunas, en Eyal, al norte de Kalkilia. Sólo Dios (sabio, prudente, misericordioso y que todo lo ve), podía predestinar que aquella raíz pondría remedio muchos siglos después a una de las enfermedades más temidas de los ojos: el glaucoma.

Tras la muerte de Adam, Tarek se casó con Salua Alashi, de Betlem, y tuvo dos hijos, Ciriaco, Abbas, y una hija, Kala, llamada después el Asombro de Kalkilia, por ser, decían, la mujer que hubiera preferido el emir de la ciudad, de no ser porque Kala detestaba al emir, menospreciaba el harén y sentía una mezcla de compasión y asco por los eunucos. Abbas frecuentó la Escuela de la Luz, Ciriaco, el más joven de los tres, prefirió la osadía al talento, viajó al Indostán, a Efeso, a Bactria…, finalmente, se embarcó con destino a los lugares del Mediterráneo. Otra suerte le aguardaba a su hermana. Cuando Kala cumplió diecisiete años, las lechuzas anunciaron aquella triste noche que su cuerpo lo velaban los cuatro cisnes de la Balsa de las Rosas. El vacío de sus ojos lo ocupaba el cascarón de dos nueces que resultaron ser del único nogal de Kalkilia, el mismo que cinco años antes el emir había traído de Dana para plantarlo en su jardín.

Tarek, con sesenta y tres años, enfermo y con el dolor de la ausencia de Kala que seguía lacerando su alma, mantenía abierta su casa y su trastienda, pero rara vez se le veía por la Escuela de la Luz, regentada por su pupilo Nesceres Apolodoro. Aun así, reservaba para el Día del Rezo la asistencia a los dolientes que llamaban a su puerta para suplicar remedios. Era tal su fama que los forasteros que esperaban el favor de la ciencia debían hacerlo en los campamentos, a las afueras de Kalkilia. Dos mil años después a ese paraje se le conoce como el Lugar de las Lágrimas, pues para Tarek las lágrimas eran el bálsamo imprescindible para eliminar las partículas extrañas, lubricar la pupila, el cristalino, las zónulas y arrastrar las sustancias irritantes hasta el lagrimal. El valor sanador de las lágrimas era tan esencial en sus curas que, en las largas esperas sus ayudantes sometían a los enfermos a interminables sesiones de llanto, recreando historias falsas como la muerte de Dios, la lluvia de ceniza en los tiempos de cosecha o las legiones de grillos sobre los tejados de las casas en las horas sagradas de la siesta. Cuando estas calamidades no bastaban para liberar las lágrimas, los ayudantes de Tarek obligaban a los enfermos a la ingesta cruda de cebolla.

7

Casi al final de sus días, un hombre vestido con una *suriyah* que le rozaba las sandalias de esparto llegó a Kalkilia en busca del Príncipe. Este hombre, que acreditó ser amigo y discípulo de Sáscrito de Neve, con el que había aprendido —dijo— el viaje de las estrellas y los lugares ocultos del cielo, le rogó que le curara un extraño mal que le infería los ojos y le inquietaba el alma.

Tarek lo miró atentamente en el quicio de la puerta. Aquel rostro parecía de cera, y los cabellos tan suaves como el pelo de las panochas.

Le dijo:

—¿En ese orden? ¿Los ojos y el alma? —Sonrió—. Quizás lo último sea la razón de lo primero.

El forastero no reveló su nombre, circunstancia que no sorprendió a Tarek acostumbrado a las extravagancias de muchos de los que tocaban a su puerta.

Dos días pasaran, y al cuarto, el anfitrión le sugirió que fuera con él al Mercado de los Dátiles, a las afueras de la ciudad, donde también compraría sandías, limones y pan de centeno, y que, tras el almuerzo, le dijo, observaría la dolencia de sus ojos. Los dos se internaron por el centro de la ciudad. Al llegar a la Mansión de los Dulces se sirvieron unos *Knafehs,* y tomaron licor de algarrobo. Más animados, enfilaron el Camino de los Enanitos, en busca del mercado por un estrecho vergel. El calor era sofocante. Cien pasos, o más, habían dado, cuando el joven extendió la mano e impidió que Tarek, que marchaba un poco más rezagado, siguiera la marcha. Una hiena había salido de entre la maleza y les impedía el paso. El forastero iba a tirarle una piedra, cuando Tarek le cogió la mano y la suspendió en el aire.

—Está ciega y, además, hambrienta —le dijo observando al animal, que parecía desconcertado—. De no ser por su ceguera el hambre lo habría arrojado contra nosotros. Oye, pero no ve, por eso no para de dar vueltas —se acercó a la hiena—. ¿Ves? Tiene los ojos inflamados, probablemente por la picadura del escorpión rojo, que por aquí campea a sus anchas. Hay que lavarle los ojos. Adelántate y pregunta en el mercado por Hasad Al Meinhe, dile que vas de mi parte, y que te de agua de ortiga, siflo, papilla de alcachofa y crema de espino verde (de lejos le llegó una sonrisa. Le costaba admitir que una hiena aceptara los cristales de cuarzo). Ah, y busca algún mondongo de oveja.

Cuando el forastero regresó con el encargo encontró a Tarek sentado en una piedra, bajo un árbol, junto a la hiena. El animal no puso ningún reparo en que el curandero se entretuviera con sus ojos.

Camino de regreso, el forastero rompió el silencio:

—¿Has pensado que al salvar los ojos de la hiena ésta podrá matar más fácilmente?

—Al contrario, podrá elegir a sus víctimas, ejercicio muy superior al de los hombres que matan por aluvión, y sobre todo disfrutará del ritual de la captura. Y puesto que mata para comer, y come lo que ya murió, dejemos al menos que se divierta; se lo agradecerá la digestión —como vio al joven aturdido por la respuesta, prosiguió—: Si la juzgas con benevolencia la hiena es un animal muy interesante. Nace con los ojos abiertos, y su extraordinaria pupila es capaz de ver a muchos kilómetros, más que cualquier otro animal de su especie. Llegará el día en que la ciencia se instruirá con los ojos de la hiena.

—Me gustaría saber qué opinan los pastores.

—Los pastores no son invulnerables a la razón, ellos saben mejor que nadie que el mundo que hemos hecho es antagónico —se recogió el pelo, se levantó y declamó como si quisiera dictar una lección a los alumnos de la Escuela de la Luz—: Sobre los campos de rosas de Nínive pasaron los imperios, pero ningún soldado se acachó a recoger la que estaba destinada a su armadura; los jardines colgantes de Babilonia cayeron convertidos en polvo y nadie salvó al jardinero; la hiena descuartiza las entrañas de sus presas y llora en silencio a la luna, y en fin, hay gente que el elige el color de las piedras para ejercitar la lapidación —se detuvo un instante y miró al forastero, como sí en aquel momento tomara conciencia de que estaba allí—. Cada cosa es efímera, cambiante, cada rostro es un sueño que se deshace lentamente en la espuma del tiempo. Admitamos, pues, que nuestra azarosa existencia la determina las ondulaciones del péndulo universal. Sí, ya sé que esto nos puede infundir al vértigo, es verdad, pero el vértigo se cura con una calabaza en la cabeza.

Un olor sofocante a dátiles macerados les llegó de lejos. Compraron lo previsto en el mercado, y ya, de vuelta a casa, se refrescaron con el agua del pozo. Tras el almuerzo, Tarek examinó la pupila de su huésped con el solupe de plata. Después, acometió la inspección del iris con tanto detenimiento, que el forastero pidió una tregua que llegó con un vaso de agua fresca. Dos horas le llevó la observación, una, o más, la interpretación de los signos y lo que los signos contenían. Lo hizo al tiempo que examinaba, acotaba y releía pasajes enteros de los libros de Nocturno Brisa Adopnis, *El humor acuoso, según Al-Razi* y *El milagro de iris de Honorable Galán*. De ellos tomó notas, escudriñó signos y comparó similitudes y desavenencias. Finalmente se levantó, estiró las piernas, los brazos, agitó las manos, y, como si necesitará la ceremonia de la yerbabuena, preparó una infusión para los dos. Cuando Tarek ibn Adam Zul echó el primer sorbo dijo:

—Tus ojos son los ojos del mundo. —Esperó unos segundos—. Hay algo eterno y terrible en ellos, algo que me aturde y desconcierta...

El forastero suspendió la infusión en el filo de los labios. Respetaba a aquel hombre, tanto como se respetaba así mismo.

—Vaya —dijo con una sonrisa de asombro—, y yo que quería burlar a las estrellas.

El otro mantuvo una actitud hierática, aunque su semblante denotaba perplejidad.

—Sabe Dios, Dios sabrá —prosiguió Tarek—, las razones que te preocupan. En cualquier parte, no sé dónde, tus pupilas están viendo todas las cosas que a nuestros ojos les gustaría ver y aprender: la valía del tiempo, la actitud oculta de los hombres, la serenidad de saberse transitorio y morir por ello, y también el valor de ser firme en tiempos de desaliento —se enjugó el sudor de la frente con la decente blancura de un pañuelo y continúo, intentado controlar la emoción que se había apoderado de él—: Las casillas de tu iris reflejan la vastedad de los campos donde fueron abatidos los ejércitos que han sido, mientras avanzan otros que sucederán a los que esperan en la lejanía, y así, en un círculo infinito que no termina de cerrarse. He visto en tus ojos como caen las estrellas convirtiendo las ciudades en un soplo, y como la mitad de un mundo se consume por la tiranía de la otra parte, poblada ésta de hombres que confunden la piedad con la justicia. No hay ojos que puedan sobrevivir a tanto, ni maestro del que puedas obtener remedio.

Treinta y dos días con sus noches las dedicó el forastero a debatir con el sabio sobre los secretos que inferían en la enfermedad de la ceguera, y aprender de las lecciones de los libros de Nocturno Brisa Adopnis. El viejo Tarek se sorprendió del interés (y hasta de la osadía) de aquel joven, cuya voz le recordaba la armonía de los metales antiguos. Una noche lo sorprendió en su cámara cultivando un monólogo, en otra ocasión le pareció que hablaba con alguien al que le mostraba un profundo respeto, y a las seis semanas de su estancia apareció con un bastón de ébano, que él había cortado y pulido.

—Un regalo para el anfitrión —le dijo.

En la mañana de la despedida, montaba en su camello, cuando Tarek se acercó a él, y le preguntó:

—No reclamaré tu nombre, pero tampoco quisiera olvidarme del lugar de donde llegaste.

El joven esbozó una sonrisa. Con Tarek había aprendido el valor de las sutilezas.

—No muy lejos de aquí, en la Ciudad de los Carpinteros.

—¡De Nazaret! ¿Eres de Galilea?

—¿Veo que has estado allí?

—Fui a Nazaret en tres ocasiones para encargarle a un maestro tres cunas de nogal —le dijo Tarek—, una para cada uno de mis hijos. En la primera el carpintero parecía feliz, en la segunda vi que tenía los ojos empañados, en la tercera me dijo que había tenido un sueño de lanzas y sangre. Sí, estuve allí. Nunca olvidaré sus calles empinadas y el olor habitual y fresco de la menta... Quizás conozcas al maestro que me atendió, se llama José de Arimatea. Era, recuerdo, un hombre tan triste como un gigante enlutado. Tu bastón me recuerda a los que atesoraba una tinaja en el fondo de la carpintería.

Una lágrima amaneció en la mejilla del joven.

—He tenido el prodigio de saber de él —fue lo último que dijo.

Cuando Tarek entró de nuevo en su casa encontró en el alfeizar de la ventana un pequeño cofre (no más grande que el que guarda una sortija). Con cautela lo abrió. Encontró una nota escrita en arameo. Las letras consignaban una ciudad, Masada, un nombre, Baraka, un lugar, el Frontal de los Aljibes, y un propósito: "para la Escuela de la Luz". Dos diamantes azules, como do ojos eternos iluminaban el interior del cofre. Tarek los atesoró en su puño. Luego el puño encontró su corazón.

El otoño se estiró más de la cuenta en aquel año en el que Tarek sufrió los achaques de su edad. Por aquel entonces, no muy lejos de Kalkilia, un predicador llamó la atención del historiador Tito Flavio Josefo. El cronista da cuenta de que se trataba de un joven al que le seguía un número considerable de personas, quienes le atribuyeron hechos extraordinarios fuera del alcance de la lógica. Uno de ellos fue devolver la vista a un ciego de Cafarnaúm a orillas del lago Tiberíades.

En la primera noche del invierno Tarek ibn Adam-Zul se despidió de sus discípulos, que eran quince con sus lágrimas; llamó a los suyos y les rogó que, tras el minuto eterno de la oscuridad, no le cerraran los ojos.

Abiertos quedaron para la tierra.

Los que se ocuparon de narrar ese momento dejaron escrito en el Libro de la Sabiduría (injustamente añadido a la categoría de apócrifo por Misaré Apóstol, y por tanto retirado de los Evangelios) que los Metalistas de Barcino (agraciados por un inesperado tesoro de dos diamantes azules, y por el irrefutable mandato de Ciriaco, el hijo menor de Tarek, recuerdo), construyeron veinte años después de la muerte de Tarek, la Escuela de la Luz, reproducción exacta de la de Kalkilia que, los cruzados, mucho siglos después, saquearon por iconoclasta. (No hay constancia histórica de ello, aunque el antropólogo Lukas Hinton, lo acredita.) Lo que sí resulta irrefutable por la arqueología del lugar, es que la nueva Escuela de la Luz fue erguida en la Explanada de los Ermitaños, que más tarde se llamó el Refugi dels Sagrers (Sagrera, siglos después), en Barcino. Casi en la vejez, Ciriaco se casó con una mujer llamada Blasier (o Bluzire), que llegó a Barcino procedente de las tierras del interior de la península, Hispania. Los documentos oficiales recogen que los lugareños llamaron a esta mujer Decorosa.

8
Epílogo

El 4 de septiembre de 1922, en la Sagrera, unos niños que jugaban en el interior de la iglesia de San Paciano (sometida a severas reformas en la techumbre), encontraron en un falso hueco un baúl de metal cerrado con una expeditiva cerradura que el tiempo había vestido de óxido. Tardaron en abrirlo. Lo intentaron, primero con un trompo, cuya púa de acero buscó la debilidad de algún canto, que no cedió, después con la determinación de una piedra que sólo consiguió abollarlo, y finalmente el herrero del Camí dels Pagesos (sin más interés de que los niños le dejaran trabajar) doblegó la cerradura.

Cinco libros dormían en el interior. Casi cien años después, ese contenido y ese pequeño baúl ocupan un lugar memorable en el Museo Principal de Medicina, en Viena, tras la generosa (e injustificada) donación del rey Alfonso XIII al canciller austriaco Ignaz Seipel, tras la visita que el monarca español hiciera a ese país en otoño de 1927. El rey español congeniaba con Seipel desde que éste anunciara su deseo de convertir Austria en una dictadura clerical, siguiendo los pasos de Primo de Rivera en España que lo hizo con la cruz y la espada. Los esfuerzos del secretario de Cultura de la Generalitat de Catalunya, Real i Prada, en 1937, en plena República, para recuperar los libros resultaron inútiles.

Natan Smith Wilder, papirólogo, director del Museo austriaco (descubridor en 1916 del Códice del Creciente Fértil), se sintió seducido por el hallazgo, y después de consultar con Milos Kaudulius, de Salónica, un experto en lengua micénica, descifraron el enigma

—y el talento— de las claves y fórmulas contenidas en los libros hallados casualmente por los niños. Las enseñanzas de aquellos legajos sirvieron en el transcurso de los años para establecer muchas de las terapias que protegen y alivian el mal de los ojos. Finalmente, el 2 de agosto de 1923, Wilder, en una pormenorizada disertación, aventuró en la Facultad de Medicina de la Sorbona de París tres conclusiones: 1) La textura de los pergaminos, la tinta de hollín y los ribetes de agalla de encina acreditaba la antigüedad anterior a nuestra era como el origen irrefutable del hallazgo. 2) Sin ninguna duda atribuía a Nocturno Brisa Adopnis, de Mesopotamia, la recopilación de ese tesoro: 3) En el margen derecho del primer manuscrito revela la codiciada fórmula cuya única aplicación en la córnea resulta beneficiosa para los ojos vetados a la luz. Esta pócima (que había que preservar de la luz, del agua y del color azul) se obtenía de la raíz de un arbusto espinoso de la familia de las acacias, el *astralon*, raro en la mayoría de los países de Occidente, pero ocasional en las entidades del Cuerno y abundante en Kalkilia (Palestina). A Wilder le debemos una parte sustancial de esta historia que ha perdurado como la risa del agua hasta el día de hoy.

Ochenta y nueve años después, en la noche del 5 de octubre de 2017, en Barcelona, un hombre de barba blanca y desordenada, que viste una suerte de hábito recogido en su brazo derecho, cruza el umbral de la habitación 21 del hospital donde se recupera un hombre joven, que fue herido de bala el 1 de octubre de 2017. La aparición musita unas palabras en un idioma que fue imperio, y como si sus manos fueran de algodón pasa los dedos por los ojos del enfermo que, entre sueños, percibe esa presencia. Antes apenas soñaba, pero ahora le llegan imágenes de desiertos, de claveles regados con risas, de un solitario bastón con una rosa incrustada, de la sonrisa de una hiena, de ríos antiguos que los océanos devoran, de una ciudad en la piedra, de reyes coronados por el miedo o por la espada, de imperios, de ruinas, de barro, de mezquitas, de campanarios... A veces ve la elipsis perfecta de una gota de sangre en la parte superior de un aljibe de Masada, que se le antoja la promesa de un beso.

Por la mañana los pasos decididos de la enfermera irrumpen en la habitación. Roger percibe el clic del interruptor, y tras el vendaje que le oprime los ojos, ve, o cree ver, que alguien se ha dejado en la silla, junto a la cama, unos cristales de cuarzo sujetos a una tira de cuero rudimentario.

—Por favor, deja las gafas en el armario con mis cosas —le dice Roger Español a la enfermera, que de inmediato ladea la cabeza en busca de la silla.

—¿Gafas? ¿Qué gafas? —le contesta.

El discurso de la Corona

Sentado en la cama, con la espalda apoyada en el cabezal y el cuaderno de notas entre las piernas, el rey Felipe VI arrancó la primera hoja y leyó en voz alta las primeras líneas que acababa de escribir para el discurso que dictaría a la nación dos días después, el 3 de octubre de 2017:

Estamos viviendo momentos muy graves para nuestra vida democrática —hizo una breve pausa, tomó aire—. Y en estas circunstancias, quiero dirigirme directamente a todos los españoles. Todos hemos sido testigos de los hechos que se han ido produciendo en Cataluña, con la pretensión final de la Generalitat de que sea proclamada la independencia de Cataluña.

Miró fríamente el diseño de las palabras, la mancha particular y única que cada una hace en el papel, el encadenamiento con las que le precedían y las próximas y cuando reparaba en el sentido subyacente del párrafo advirtió que, en la última línea, entre el verbo *proclamar* y el sustantivo *independencia* debía colocar el adjetivo *ilegalmente*. Reparó el error de inmediato. Miró la hoja como si fuera un paisaje, puso el número 1 en la parte superior de la página y la dejó sobre la mesita de noche.

El esfuerzo de síntesis fue intenso, así que, para relajarse, cogió el mando del televisor y seleccionó la cadena BBC, su canal preferido. Lo hizo con la atonía de quien busca una noticia que lo distrajera. O tal vez ni eso. Quizás consumía los minutos a la espera de decidir si, de una vez por todas, abría el armario y descolgaba el pijama Samarithan, de seda azul, con botones blancos, regaló de la reina Leticia el día del Padre. Bostezó con prudencia, como si por un temor lejano pudiera ser descubierto. Al instante dejó caer los brazos sobre la colcha como si fueran dos remos, y la cama las aguas tranquilas de un lago.

La operación policial Anubis (el dios egipcio de la muerte) destinada a impedir el referéndum sobre la independencia de Cataluña no había conseguido sus objetivos. Es lo que decía el periodista británico, de origen escocés, Nicolas Robertson, con cierto regusto poético: "... la historia de este referéndum es como una inmensa red de brazos, una iluminación de ojos, un rumor de pasos en un hormiguero sin fin". Y lo peor no era eso, lo peor es que mientras lo decía mostraba una urna y un manojo de papeletas a la cámara, recursos que el rey juzgó de información sesgada, impropia de un periodista de una televisión tan importante.

El reportaje que veía era una prolongación del que había visto a las once de la mañana en otros canales, después de que el jefe de Comunicación, Justo Buendía, al que llamaba cariñosamente McLuhan (en recuerdo a Marshall McLuhan, filósofo canadiense, investigador de los medios de comunicación), se desplazara hasta el Pabellón del Príncipe, residencia de los reyes, y le insistiera en la conveniencia de *visualizar* los incidentes de los colegios electorales de Cataluña, pues quizás, dijo, podían ser de utilidad para ampliar el redactado del discurso. Fue entonces cuando vio por primera vez las urnas y cómo la gente agitaba las papeletas de votación como si esas fracciones de papel fueran el maná prometido. El mal humor del rey, que acompañaba con una sensación de zozobra, se hizo patente cuando unos minutos antes de la hora del ángelus apagó el televisor de su despacho y les dijo a sus colaboradores que redactaran un informe, que lo hicieran lo antes posible sin escamotear los hechos. Este domingo, nadie —absolutamente nadie, recalcó— debía de abandonar el barco.

Tras la cena, que había sido frugal, y después de atender las preguntas de las infantas sobre el empeño de Cataluña en celebrar el referéndum (preguntas de las que salió airoso aludiendo al símil del pescador que quería cobrar su presa en un terreno pantanoso repleto de cocodrilos), se refugió en el dormitorio con la intención de escribir (*esbozar* sería la palabra adecuada) el discurso que debía leer el martes, día 3, por la noche. Después, él mismo lo llevaría al procesador de textos, aunque a estas alturas eso no le preocupaba lo más mínimo, pues disponía del tiempo necesario para ello, e incluso para redactar distintas alternativas y someterlas (si era el caso) al criterio de McLuhan. Mientras tanto tomaría buena nota de lo que veía, escuchaba o le entregaban sus colaboradores más directos.

Ahora, lo que estaba viendo en el televisor del dormitorio era una mujer de edad avanzada, con actitud altiva, limpiándose la sangre de una herida infligida en la frente por el bastonazo de un policía, mientras un cámara de televisión se abre paso entre la multitud y le toma un primer plano. Por la esquina de la pantalla una mano agita la decente blancura de un pañuelo que, la mujer rechaza con un gesto inequívoco, como si quisiera convertir la sangre en un documento inapelable. El rey entornó los ojos, emitió unas palabras incomprensibles y buscó otro canal. La periodista Karen Atkinson del *Global Evening News* de Suecia, decía delante de la cámara: "… al parecer el tiempo de las palabras de un solo sentido ha convertido la violencia policial en el único e indiscutible argumento del Gobierno español para conseguir un solo objetivo: el silencio de las urnas, el silencio de un pueblo". Claro, que eso lo había dicho después de describir una secuencia en las escaleras del colegio Pau Claris en la que un policía se alza sobre sí mismo, para luego caer estrepitosamente en plancha sobre una joven que, sentada en unos peldaños, recibió el peso de la bota militar del uniformado. Momento que la periodista creyendo estar fuera del micro, soltó: *What a shit*!, interjección coloquial inglesa que se puede traducir por "¡Vaya mierda!".

Cambió de canal.

Las escenas se amontonaban como una pesadilla de la que no había forma de liberarse. Podía apagar el televisor, desde luego, pero de hacerlo hubiera estado a merced de sus asesores. Por duro que le pudiera parecer tenía la obligación institucional de recabar toda la información posible de primera mano. Fue Leticia, precisamente, recordaba ahora, la que le habló de la "teoría del iceberg" de la que tanto presumía el escritor Ernest Hemingway, según la cual, el volumen de información recabada por el periodista debía ser comparable con la vastedad de la montaña de hielo sumergido, aunque sólo fuera una parte ínfima de esa información la que saliera a la superficie. Una cuestión psicológica, desde luego (común en los talleres de literatura creativa), que tenía la virtud de conferir seguridad de quien debía plantarse delante de un auditorio, independientemente del medio que fuera. Y quién sabe, si, como le habían aconsejado sus asesores, esto tendría utilidad en la forma y contenido del texto que debía leer dos días después.

Convino que la policía cumplía con su deber constitucional para la que estaba especialmente motivada, que pronto imperaría el orden, y que toda esta gente que había desobedecido a la ley volvería al cauce de la razón. En fin, que aquello que veía no era más que un juego infantil que acabaría con la llamada a la serenidad de los políticos irresponsables que lo habían propiciado alevosamente. Con ese deseo bajó el volumen del televisor, mordió el bolígrafo, hizo algunas tachaduras, y leyó otro párrafo que, a caballo entre una reflexión y otra, acababa de culminar y que añadiría al párrafo anterior:

Desde hace ya tiempo, determinadas autoridades de Cataluña, de una manera reiterada, consciente y deliberada, han venido incumpliendo la Constitución y su Estatuto de Autonomía, que es la ley que reconoce protege y ampara sus instituciones históricas y su autogobierno. Con sus decisiones han vulnerado de manera sistemática las normas aprobadas legal y legítimamente, demostrando una deslealtad inadmisible hacia los poderes del Estado. Un Estado al que, precisamente, esas autoridades representan en Cataluña.

Lo dejó ahí. Naturalmente, él se limitaba a hilvanar ciertas ideas en el papel. Tiempo abría para escribir el texto definitivo, y buscar los conectores que unieran el cuerpo principal del texto. Se percató de que lo escrito tenía ritmo, cadencia y sobre todo concatenación; observó que, en la segunda línea había seguido —inconscientemente— lo que el jefe de Comunicación de la Zarzuela, el ya citado McLuhan (periodista que contaba con la simpatía de la reina), llama la "ruta del énfasis", y lo había hecho en las palabras: "reiterada, consciente y deliberada", al igual que en la frase siguiente, "reconoce, protege y ampara", en alusión a la ley. Es decir, seis palabras seguidas en dos bloques de tres. Y el tres, ya se sabe, es la unidad universalmente fundamental, categórica, como lo es el ojo de Dios en el triángulo desde donde todo lo ve y lo que no lo presiente. Y aunque el rey no goce de esas atribuciones, sabido es que a Su Majestad le es dada la autoridad de las palabras a sabiendas de que habla para la inmensa mayoría, y consecuentemente con ello, puede usar —y abusar—del verbo en una especie de inocente impunidad, e incluso, ¿por qué no?, hasta de la bárbara sintaxis. Y aunque la página permitía más texto, colocó el número 2 y se quedó jugando con el bolígrafo.

Miró de nuevo el televisor como si la pantalla ejerciera sobre él un magnetismo del que no podía sustraerse.

Un ruidoso ajetreo de gritos, cantos, sonidos de ambulancias y cargas de la policía, lo llevaron a la convicción de que, afortunadamente, el Estado afrontaba la embestida de los que querían romper España (incluso trocearla), y lo hacía de manera tan expeditiva, y a la misma vez tan elocuente, que recordaba al rey de bastos de la baraja. Con esa notable convicción iba a apagar el televisor, cuando apareció en la pantalla un escopetero de la Guardia Civil que apuntaba a un chaval, casi un crío, que corría con una urna lanzando vítores entre los aplausos de la gente. Frunció el ceño. La escena que estaba viendo lo condujo a ese lugar mental en el que sólo prende la mecha cuando se activa el interruptor de una situación límite, que es la reproducción de otra vivida anteriormente. Los mismos nudillos contra la misma puerta, que dicen los psiquiatras, y que ellos establecen a partir de la psicología cognitiva. Quien haya pisado un caracol no podrá olvidar ese crac velado, inoportuno, seguido de la larva viscosa, casi transparente, adherida a la suela del zapato como un escupitajo porcelánico. Cuando esto ocurre, el oído llevará hasta la zona de la memoria esa sensación, y se quedará ahí, a la espera de que aparezca una circunstancia parecida para emerger de nuevo.

El rey pisó un caracol. Ocurrió una tarde noviembre, de hace dos años, en el que la lluvia le sorprendió en el monte de El Pardo donde solía pasear sin escolta. Lo recordaba muy bien, porque lo asociaba al disparó lejano de un cazador furtivo empeñado en la caza de ardillas, que por allí corretean a sus anchas en busca de las piñas que les regalan los pinos. Desde entonces le asalta esa angustiosa fantasía, ese clic, inesperado que toma forma en los lugares más imprevistos. Lo que acontecía en los centros de votación de Cataluña, era como aplastar el mismo caracol miles de veces. Es posible que el rey no lo verbalizara así, y menos de forma gráfica, literal, que don Felipe creyera que, la severa actuación policial era un acto de justicia, una razón de Estado que sólo el Estado comprende. Sin embargo, el disparo al aire del policía (para intimidar al chaval) lo asoció al sonido de aquel caracol que despanzurró con sus botas de cuero.

El vértigo del pasado lo condujo a esa modesta vanidad necrófila que lleva a reyes y lacayos a buscar injertos del árbol que ninguna botánica menciona. Y es que, para ser sinceros, había una mancha en la familia real que salió, precisamente, de un arma de fuego y que, negligentemente, estaba en el lugar reservado para el recreo de unos niños. Un estropicio que ningún jabón pudo lavar, porque para eso hay que mojar la prenda, frotarla, y después colgarla a la bonanza del sol o al ejercicio de la intemperie. Y eso es, precisamente, lo que no se hizo. Ocurrió en la casa de sus abuelos, en Villa Giralda, Estoril (Portugal), el jueves santo de 1956. (Si lo traigo a colación es porque ser hijo de un rey es como venir al mundo con una corona a la que se le ha añadido una diadema más a uno de los florones.)

Pues bien, a la izquierda de la biblioteca de Villa Giralda —y esta es la historia que os quiero contar—, comienzan las escaleras que culminan en el primer piso. Tras la puerta de esa estancia aparecen dos chavales a los que antes me he referido: Juan Carlos, y el otro, el que hubiera sido el tío de don Felipe, Alfonso de Borbón. Los dos se pueden ver en esa fotografía tomada hace casi setenta años, en la que el niño Juan Carlos de Borbón está con su hermano Alfonso, los dos serios y aplicados en la vaga fisonomía de un pupitre. Les han tomado la foto después de vestirlos con un traje de viscosilla gris, camisa blanca y una corbata ancha y excesiva, tras peinarlos decorosamente, los dos con una pluma estilográfica en busca de una hoja que sigue inmaculada para el fotógrafo. Alfonso está serio, grave como un maniquí, con el pelo relamido por la brillantina, como si fuera una modesta proyección de Rodolfo Valentino. Con ojos melancólicos mira a su hermano de reojo, se diría que entre la sumisión y el respeto. De pronto los hombres envarados en sus discusiones palaciegas, en la parte baja de Villa Giralda, detienen sus parlamentos, alertados por un estallido seco, premonitorio y suben en trompa hasta el primer piso. El comunicado oficial de la embajada española da cuenta que, "mientras Su Alteza el infante Alfonso limpiaba un revólver con su hermano, se efectuó un disparo...". Esa forma impersonal, elíptica, ha enturbiado hasta hoy un desenlace cuya explicación se reduce al hecho de que los niños (y no tan niños: Juan Carlos andaba por los dieciocho años) limpiaban el arma cuando aconteció la tragedia. La esquela necrológica del sepelio que acompaña la foto del infante atribuye el óbito a un fogonazo divino: "Señor, ya desde ahora, acepto de buena voluntad, como venida de Vuestra Mano cualquier género de muerte que os plazca enviarme".

Alfonso tenía catorce años y su sonrisa era (a pesar del protocolo) como las primeras hojas del árbol.

Sin embargo, este asunto no supuso para la Corona un antes y después en el apego por las armas, y eso a pesar de que el 10 de abril de 2012, Froilán, el nieto mayor de don Juan Carlos, tuvo que ser ingresado en el hospital por la herida en el pie de una escopeta. Cada vez que don Juan Carlos mostraba un arma de fuego, alguien susurraba a su espalda cómo era posible que después de lo de Alfonso aún tuviera ganas de exhibirlas. La familiaridad de su padre con las armas empezó mucho antes, a la temprana edad de diez años, cuando estudiaba en Las Jarillas, una propiedad inconmensurable del terrateniente Alfonso Urquijo. Fue allí, con nueve años recién cumplidos, cuando Juan Carlos escribió una misiva a los Reyes Magos pidiéndoles una escopeta, una pistola de balines y —lo que es más aparatoso en la psicología de un crío—: un cuchillo de monte para limpiar las piezas cobradas. En una redacción fechada en 1948, titulada "Mi escuela", escribió: *"Los días mejores y los más divertidos son los días en que vamos a cazar"*. Con once años mató a un jabalí, con veinticuatro empuñó su primer rifle, con veinticinco se fotografía en Angola con un leopardo abatido, luego le siguieron cacerías por medio mundo, sumando búfalos, antílopes, otros leopardos y elefantes. Los elefantes eran su debilidad. Para ello disponía de un rifle de doble repetición del calibre 458. (Aunque lo importante en este caso —los cazadores de paquidermos lo saben bien— es la configuración de la bala, que debe ser de bronce sólido, con un penetrador de tungsteno capaz de perforar los órganos vitales del elefante.) Y todo esto ocurría mientras se daba lustre con la presidencia de la principal asociación en defensa de la naturaleza, la WWF (acrónico de *World Wildlife Fund*/Fondo Nacional para la Naturaleza), en cuya publicidad destinada a captar socios figura un oso panda la mar de feliz. Tarea filantrópica que comparte con la reina madre doña Sofía que, en 2011, envió una misiva al alcalde de Barcelona, Xavier Trías, para rogarle que mejorase las condiciones de vida de la elefanta Susi, deprimida en el zoo de la Ciutadella. Un poco antes de esos gestos, Leticia le había regalado a Felipe la más exquisita de las armas: un rifle James Purdey & Sons. Poca broma, porque estamos hablando del Rolls-Royce de las monterías, una pieza de coleccionista para el entretenimiento de la caza. Luego, ya lo sabemos, llegó la fotografía de Botsuana, en 2012, y el rey Juan Carlos I de Borbón posando para su amante Corinna a los pies de un elefante abatido que, en su último suspiro parece besar un árbol, fotografía en la que aparece con un chaleco de explorador, modelo "doctor Livingstone, ¿supongo?". La caza y sus amantes eran una suerte de safari y hubieran sido con la cabra una legión. Todas las amantes inclinadas a la cinegética, graciosamente ensordecidas por los perros de caza, y por la fascinación de las madrigueras campestres.

Leticia pasó por la cocina para ordenar una cena de sopa y ensalada: nunca se paraba a pensar que no todo el mundo estaba a dieta. Al rato apareció en el dormitorio con una bandeja de un vivo color rojo cristal, algo parecido al de su gusto demasiado juvenil para la ropa. El viento azotaba el ventanal del dormitorio cimbreando, de tanto en tanto, el ciprés más cercano, cuyo movimiento se reflejaba en el cristal de la ventana como si fuera la sombra esquinada de un monje libidinoso.

—¿Sabes, querido? —comenzó a decir repasando sus caderas—, me ha llamado John Preacher desde Gibraltar: ha aceptado la invitación para cenar con nosotros la próxima semana aprovechando que viene a Madrid para la Connecction Fashion.

Estaba tan emocionada que le temblaba la bandeja. John Preacher venía a verla, qué guay, figúrate, Preacher… y la próxima semana nada menos. O sea, que está al caer, como aquel que dice. Al pensarlo sentía un aleteo en el estómago. Dos años largos sin verlo y como el que no quiere la cosa, la llama… ¡Ay, Dios, por favor!

—… para proponerme, ¡es qué hay que ver!, su última colección *Étoile bleue*, el último suspiro en vestidos de noche. ¿Tú crees que deberíamos invitar al Compi Yogui? Es que, bueno… el karma, fíjate, justo en el momento en que más lo necesitaba. Y además me viene que ni pintado. Como sabes, tenía que cambiar el rojo dominante de mi vestuario por algo… *merde!*, como lo diría… más ecléctico, más reverencial, un poco en el estilo de Julia Roberts…

—¿Tanto? —le interrumpió don Felipe.

—… pero sin las estrellitas del champán.

Intencionadamente, Leticia no dijo ni una palabra sobre el discurso de la Corona. Conocía de sobras las dificultades de su esposo a la hora de escribir, y de alguna manera delegaba la supervisión en McLuhan. Tampoco su marido se lo había pedido y, además, si tenía que ser sincera, había que reconocer que Felipe, en este asunto, tenía un temor infantil derivado de su padre. Como es evidente, el rey emérito vocaliza mal, es inexpresivo, se emborrona con las erres y le cuesta hilvanar un renglón con otro. Ese mal, común en casi todos los borbones (aunque el más benévolo), había servido de mofa a los detractores de la monarquía desde el momento en que instauraron la Corona española, y de eso hacía más de trescientos años. Felipe intentó corregir esa limitación trabajando el tono emocional, el ritmo, la dicción y, sobre todo —en eso le había hecho caso a Leticia—, la voz interior. Para ello se valió de los clásicos: Hitler peroraba en tono ditirámbico, Franco recurría al de losególatras astutos, Mussolini se despachaba con el elegíaco, el tono de Suárez le pareció redentor, el de Fraga agónico, Aznar egocéntrico, y el de Zapatero compatible con el de Alicia en el país de las maravillas. Y, si rechazó *in extremis* el de Carles Puigdemont, fue porque concluyó que, si el político catalán triunfaba en su proyecto de romper España, los tonos anteriores eran del todo innecesarios.

El caso es que cenaron en un plisplás. Después doña Leticia fue al cuarto de baño, momento que aprovechó el rey para conectar la televisión y ver cómo iban las cosas en Cataluña. Al rato llegó una pregunta desde el cuarto de baño:

—Cariño, ¿estás ahí? Oigo voces.

Él bajó el volumen del televisor.

—Es lo del referéndum ilegal de los catalanes. Lo dan en todas las cadenas —se pasó las manos por el pelo e hizo un extraño movimiento con la boca, y dijo como si fuera el lobo feroz en un alegre bosquecillo—: ¿Vieeeenes?

—Aún tardaré un rato —fue la respuesta.

El rey cogió el bloc de notas, con cuidado de que el bolígrafo no resbalara, o peor aún que fuera a parar entre las sábanas, y soltará una mácula de tinta. Los bolígrafos, ya se sabe, son tan traicioneros para la Casa Real como las escopetas. A todo esto, si don Felipe había elegido la cama para hilvanar la colgadura de terciopelo de su discurso, era porque la cama le permitía relajarse más profundamente e, incluso, dar una cabezadita reconfortante mientras buscaba la palabra adecuada, la frase o la conclusión del párrafo. Así lo hacía decidido después de que McLuhan, le hiciera saber que el primer borrador debía librarse en papel, ya que la caligrafía era la mejor herramienta para concentrarse en el mensaje.

Escribió:

Han quebrantado los principios democráticos de todo Estado de derecho y han socavado la armonía y la convivencia en la propia sociedad catalana, llegando —desgraciadamente— a dividirla. Hoy la sociedad catalana está fracturada y enfrentada...

Los efluvios del perfume Aire de Loewe que llegaban desde el cuarto de baño invadió la habitación. Leticia usaba esta fragancia cuando buscaba la visita de su marido en el lecho conyugal, porque unía su fuerza interior al magnetismo áureo del rey y, por tanto, a la vibración armónica del cuerpo y alma de ambos. Bueno, a ver, si quieres que te diga la verdad, no es que Felipe VI necesitara la complicidad iniciática de Loewe para hallar el placer con su esposa, pero hay que reconocer que el Loewe —familia olfativa de la Marca España—, tiene, entre otras esencias (aparte de bálsamo de mandarina, melocotón, albahaca, jazmín, calén-

50

dula, lirio de los valles, almizcle, neroli, bergamota, asafétida, iris, vainilla, sándalo…) la esencia del aceite *lang-ylang* del árbol *Conanga odorata*, de la India que, como todo el mundo sabe, pertenece a la familia de las anonáceas. Leticia estaba absorta en lo que veía en el espejo, que no era sino su propio rostro, blanco y atractivo. En el interior de su cabeza soplaba un vendaval. Se gustaba. Enseñó los dientes. ¡Eran tan uniformes! ¡Tan blancos! Vibraban de pura perfección. Y la mandíbula recta… la barbilla con esa hendidura perfecta… esos ojos verde oliva… ¡Todo eso era suyo y estaba allí antes de que fuese reina! De súbito tuvo la sensación de ser otra persona que se miraba por encima del hombro. Estaba hipnotizada por su propio atractivo. Se separó un poco del espejo, luego volvió a su posición inicial y llegó a la misma conclusión: "¡Estoy de muerte!".

Mientras tanto Felipe VI repasó su escrito, al que añadió algunos signos de puntuación. Por ejemplo, prefería el punto y coma a los dos puntos (a los que consideraba demasiado enérgicos y obligaba a la enumeración, un desgaste innecesario; también era reacio al empleo de los verbos pasivos, a los que juzgaba decadentes, y a las frases subordinadas, a las que les faltaba —decía— prontitud). Así que, después de hacer algunos arreglos menores, dedujo que le había quedado bastante bien. Y releyó: *quebrantado*, *socavado*, *dividirla*, *fracturada* y *enfrentada*. Con placer se dijo que, si pasaba por alto las cacofonías y los participios, había escrito cinco verbos de intención delictiva en algo menos de tres líneas. ¡Genial!

La tenue luz que se filtraba por debajo de la puerta del cuarto de baño se apagó. Un inoportuno carraspeo (o mejor una liviana tosecilla) le advirtió que en unos segundos la reina se reuniría con él en esa cama de sábanas de seda, donde se extendería como una flor exótica. El rey notó una leve turgencia regia, que ya venía observando desde que olfateó el perfume de Leticia. A los pocos segundos la sábana que cubría la parte inferior de su cuerpo tomó la rara simetría de una pirámide inconclusa. Sin mediar palabra, sin describir un gesto, Leticia se metió en la cama.

—Por favor, cariño, apaga la tele —susurró.

—¿Por qué?

Ella le dirigió una mirada especulativa:

—Porque me desconcierta, porque soy una de esas personas, deberías saberlo, que cuando está sexualmente inmersa necesita un silencio absoluto y el mutismo de una concentración impecable. Por eso.

Don Felipe alargó la mano para apagar el televisor y con la otra cogió de la cintura a Leticia atrayéndola para sí en un movimiento envolvente del que no podía deshacerse. La besó con pasión mordisqueándole los labios que se abrieron húmedos y sonrosados. Las braguitas Calvin Klein, ribeteadas con cenefa de puntilla negra, parecían un guión entre las piernas delgadas y blancas de Leticia. Lentamente, la fue desnudando con la certeza de que su cuerpo se volvería terso, como así fue: las aletas de la nariz se ensancharon un poco, y los pezones adquirieron la arrugada dureza de la piel del limón. Felipe se deshizo del pijama, y cuando se disponía a remontar el cuerpo de Leticia, ella se deshizo de él y de un salto se colocó de rodillas, dejando caer su cuerpo hacía el cabezal. Leticia se sujetaba a la pared con una mano mientras la otra la tenía aferrada al cabezal. Soltó un gemido cuando lo notó duro y abultado en su interior. Bajó un poco la espalda y comenzó a moverse con fuerza, mientras el rey tamborileaba los glúteos de doña Leticia, con cuidado de no decir nada. La mano derecha de don Felipe aprisionó la nuca de la reina, y con la izquierda atornilló la cadera hasta que cayó en la cama jadeando de placer.

—No ha estado mal para un día tan señalado —dijo Leticia deshaciéndose de él—. Pero es indecoroso que no te desconectes. Por un momento me ha parecido que montabas en el caballo del Cid Campeador... Es que... —hizo pucheros— ¿quieres más a España que a mí?

La agilidad mental de rey salvó una situación imprevisible: —Tú eres el farol de España y Cataluña su candil.

La cosa quedó así, así.

La verdad, es que don Felipe estaba un poco avergonzado. Lo que pasaba en Cataluña había invadido las zonas más graciosas de su ser, y no había forma de que esa invasión remitiera, e hiciera de él el monarca empático de siempre. Se levantó para ir al cuarto de baño. Ella lo siguió unos instantes con la vista; le gustaba ver al rey desnudo, desprovisto de la rigidez del traje o del rigor del uniforme repleto de condecoraciones de comandante en jefe que lucía en los actos más severos. Se preguntaba si ir desnudo no le provocaba a su esposo una sensación de desamparo, de vulnerabilidad, porque, contrariamente, a ella le regocijaba verlo así, como si fuera un niño grande que había perdido la corona en el jardín cuando saltaba como un gorrión bajo la lluvia.

De pronto Leticia se llevó las manos a la boca y soltó una carcajada:

—¡Vaya, ya sé por dónde lees! —gritó.

Sorprendido, Felipe se giró en el lumbral del cuartode baño.

—¡Ja, ja, llevas un papel pegado en el culo! —dijo la reina sin parar de reír, la mar de divertida.

Con gravedad, pero con estilo, controlando la situación, el rey dio el medio giro de un torero, condujo su mano izquierda por debajo de la espalda, cogió el papel, y sentenció:

—Aquí está el muy tunante —dijo, satisfecho de revertir la situación—. Es el último párrafo en el que estaba trabajando.

—¿Qué dice?

—¿Lo quieres oír?

Leticia pasó en unos segundos de lo analítico a lo emocional.

—Es mi obligación como esposa y reina que soy.

—Bueno... —dijo previendo un juicio severo de su esposa—, es sólo un párrafo que debo unir al principal. Pero, en fin, si lo quieres escuchar, ahí voy...

Y leyó:

Esas autoridades han menospreciado los afectos y los sentimientos de solidaridad que han unido y unirán al conjunto de los españoles; y con su conducta irresponsable incluso pueden poner en riesgo la estabilidad económica y social de Cataluña y de toda España. En definitiva...

Dejó de leer, algo lo apremiaba.

(Había subrayado las palabras *menosprecio, irresponsable* y *riesgo.* Otra vez el énfasis.)

—¿Y ya está? —preguntó Leticia.

—Es más largo, pero —mostró su inquietud con un ligero tembleque— ahora tengo que entrar a...

Lo que se escuchó la reina estaba a décadas de distancia de competir con el Aire de Loewe.

De regreso se arrebujó en la colcha, y una vez más buscó el respaldo de la cama. Con pereza le dijo al mando que buscará de nuevo la BBC, lo que decepcionó a Leticia que optó por recurrir al momento Buda. Siempre creyó que tener un televisor en el dormitorio, aunque fuera de 80 pulgadas, era un error, pero allí estaba, para los ratos de ocio, y, a veces, incluso, como coartada cuando ya no hay nada que decir.

Otra vez las imágenes resumían las pesadas cargas de la policía contra la gente que se había agrupado en los centros de votación unas horas antes; unos llorando, otros coreando consignas contra la policía en unos términos que en modo alguno voy a reproducir. Un hombre alzaba por encima de su cabeza un rótulo con: *Els catalans no tenim rei.* Felipe trazó una mueca indescriptible, que incluso a él le pareció excesiva. Los gritos de la gente, los ruidos que llegaban de los colegios electores poblaron el dormitorio. Aquello que veía le remitió a la Barcelona de la Rosa de Fuego, peor aún: al Corpus de Sangre o quizás, al motín de Esquilache. Le vino a la cabeza el último atardecer del rey Nicolás II de Rusia, e inmediatamente se dijo (dándose ánimos) que no era para tanto que Puigdemont podía ser un problema para la Corona, pero que no se ajustaba al perfil de un airado bolchevique.

En momentos como este tener al lado una reina era lo que daba sentido al sacrificio y a la lucha enconada por la dignidad monárquica. Con ternura acarició el rostro de Leticia, lo hizo con la delicadeza de una mariposa que paseara sus alas ingrávidas por los párpados de la mujer que amaba, y que amaría por encima de los acontecimientos que le deparara el destino, fuera en el trono o en una lavandería. Es verdad, había sido un día agotador, el teléfono no había parado de sonar, hasta que, tras la cena, decidió conmutar las llamadas al móvil de McLuhan. El rey está reunido en su despacho con las primeras autoridades, era la consigna. Nadie le iba a molestar. Al rato, apagó el televisor, besó de nuevo a Leticia, cerró los ojos, dejó caer los brazos con las palmas de las manos hacia el techo en momento Buda, e intentó memorizar cada una de las lágrimas de vidrio que pendían de la lampara del dormitorio. Con ese ejercicio de abstracción se quedó dormido.

Por primera vez se creyó un cometa que levitaba por el cielo de Madrid, aunque con el ovillo de bramante sujeto a un músculo periférico que le negaba al viento el hilo que le pedía. Por su cabeza desfilaron sus ancestros como una letanía inmisericorde: a su padre con la escopeta a cuestas, la sonrisa tostada al sol y los ojos empapados de niebla, trasladando la ingeniería económica de su reinado a los paraísos del dólar. Vio también —aunque en la lejanía del desierto—, a una manada de camellos ensortijados alzados sobre una infinidad de bidones de petróleo, y como caían los dólares de dos en dos a un pozo sin fondo custodiado por Corinna. En esa fascinación tropezó con una foto del rey Alfonso XIII, su bisabuelo, joven, serio, grave, con el bigote afilado y con un fusil en la mano compartiendo una escena de caza con sus colaboradores. Instantánea que recuerda el retrato de otro rey anterior, también de la dinastía borbónica, Carlos IV de España, el Cazador (inmortalizado por Mengs, el pintor de los príncipes), también con una escopeta que gobierna con una mano invencible. De todas esas fotos hay una que ocupa un lugar preferente en su sueño dinástico y que está secuestrada en un marco gongorino, un poco más grande que las demás. Esa foto recoge las sonrisas compartidas de Franco y de su abuelo, don Juan de Borbón, a bordo del yate *Azor* anclado en el golfo de Vizcaya. Hasta allí navega su abuelo en el balandro *Saltillo*, un día en que no hay marejadilla y el viento sopla por sotavento. La fotografía está tomada el 28 de agosto de 1948. Los dos charlan amigablemente, Franco apoyado en la baranda del barco, sonriendo; el otro tocado con una gorra de mar, bajo una promesa de cielo tan azul como las olas que besan la proa del *Azor*. Acaban de sellar el pacto para que el hijo de don Juan de Borbón, Juan Carlos, quedara bajo la tutela del Generalísimo.

Felipe había visto esa escena cientos de veces, pero ahora, entre sueños, era como navegar en un mundo interior en el que se agolpaban los recuerdos, interponiéndose unos sobre otros como pesadas capas de historia. Para él esas fotos no eran más que un documento (el mal y el bien son obra ajena que él se limita a tomar con sus manos inocentes). Él era hijo de un padre que se hundía en la contemplación obstinada de su propia sombra; de un abuelo que vendió el alma cuando ya estaba subastada por Franco; de un bisabuelo que aprendió a vivir con la nostalgia del fusil y de la espada, de un tatarabuelo que fue rosa marchita en un jarrón de porcelana vieja, y lo demás... lo demás se perdía en tristes episodios que ni siquiera los libros merecen. Y bueno, cuando don Felipe evocó la figura abotargada de Fernando VII (el rey Felón) no pudo evitar un ligero parpadeo que a punto estuvo de despertarlo. Este rey fue esencia de todas las calamidades a las que había que añadir la de incompetente en todas las materias (en este punto el sueño se hizo grande). Y así hasta el primer Borbón español, Felipe V el Animoso, al que el pintor de Xàtiva, Josep Amorós, lo colocó cabeza abajo en 1719. Y en esa posición está en el Museu Almodí de esta ciudad para recordar que Felipe V, el 19 de junio de 1707, mandó incendiar la ciudad de Xàtiva, salar los campos para arruinarlos de por vida y pasar a degüello a chicos, grandes, curas, monjas y hasta los más entusiastas defensores del rey español, los llamados *botiflers*. Sobrevivieron cuatrocientos de los doce mil habitantes censados en la ciudad. "... para castigo de su obstinación, y escarmiento de los que intentasen seguir su mismo error" —decía el bando del rey Felipe V, fijado en las calles de Xàtiva.

Leticia se imaginaba el cerebro de Felipe rotar ciento ochenta grados cuando intentaba comprender la intrincada dinastía borbónica y su devenir en la historia de España. Cuando esto ocurría —solía suceder en la cama—, se volvía hacia él y le ponía la mano derecha en el antebrazo izquierdo, sonreía y se zambullía bajo las sábanas, arrastrándolo con ella. Quería ser Eva enroscada en el torso de su marido, el bello durmiente. Intentaba convencerse de que era su modo de decir que, por mucho que hubiera otros asuntos que reclamaban su atención de hombre de Estado, jamás claudicaría como "reina y como esposa".

Sin embargo, esta noche el rey despertó antes de tiempo y, tras un ligero devaneo consigo mismo, y tras apartar del sueño la basta genealogía que le precedía, pasó del sueño paradójico al pleno dominio de sus actos, estiró el brazo, y con delicadeza posó la mano hacia la mitad de la cara interna del muslo de Leticia, y a continuación exploró la posibilidad de tantear la pelvis, una aproximación compleja porque ella necesitaba administrar el tiempo y los intervalos en los escarceos amorosos. Aun así, sus cabezas entraron en colisión para decirse lo mucho que se querían, que su *Leti* estaría con él, incluso si admitía la redención social que le exigía la pléyade de los que querían romper España.

Al rato el rey buscó por la mesita de noche su último escrito, leyó y dijo como si fuera para él:

—Me está quedando bastante bien... aunque esté feo que yo lo diga.

—¿El qué? —preguntó Leticia.

—¡El discurso! ¿Qué va a ser?

—Pues mira, antes de que me olvide. Recuerda sujetar el fundillo de la chaqueta en el culo de la silla. Porque... ¿Me estás escuchando?

—Sí, dime... —dijo Felipe tras una melancólica pausa.

—Ya veo que no, que no me escuchas... Es como si hablara a las paredes —elevó el tono de su voz—. Digo que sujetes el fondillo de la americana en la silla, eso evitará las arrugas de las hombreras que, de verdad, son muy, pero que muy antiestéticas. Ah, y si las manos te estorban colócalas en paralelo encima de la mesa. Recuerda: posición Buda.

—Vale, sí —asintió perezosamente.

Al rato, Leticia se acordó de algo:

—Estaba pensando...

Esta vez el rey utilizó un monosílabo en modo interrogante:

—¿Sí?

—... estaba pensando que quizás sería mejor que el discurso lo grabaras aquí, en el Pabellón. No sé..., tengo el presentimiento que en la Zarzuela hay un fantasma. El otro día, al caer la tarde, fui a buscar una cestita de arándanos que me había dejado en la Sala de las Audiencias, ¡ya sabes que me pirran los arándanos! ¡Me chiflan! Debe ser por la corona de estrellas, o qué se yo; tienen tantas propiedades que lo antiguos creían que eran un regalo de los dioses para alimentar a los niños pobres del mundo. Por lo que...

—¿Y? —pregunto el rey con la certeza de que la reina divagaba.

—Pues eso…

—Eso ¿qué? —insistió el rey.

—¡Recórcholis! ¿Por dónde iba?

—Me hablabas de un fantasma.

—Ah, sí. Pues eso, que, de pronto, cuando ya regresaba con la cestita de arándonos, oí en la parte de arriba un sollozo seguido de una voz que gritaba "¡ponte así!". Tú sabes que yo no soy nada curiosa, pero, tal como están las cosas, en fin, con los catalanes en pie de guerra y los vascos a la espera, pues eso, que nunca se sabe… Para cerciorarme, pero sólo por eso, pegué la oreja, y pude oír un sollozo, seguido de una respiración entrecortada… En ese momento las lágrimas de la lámpara tintinearon, la luz se volvió trémula y a lo lejos se escuchó el ulular de una lechuza. —Respiró hondo—. ¿Sabes si tu padre está en la Zarzuela?

—Es más que probable —dijo el rey en un tono grave y solemne. Ella se tocó una oreja.

—¿Y Sofia?

—Ha ido a presentar sus respetos al Cristo de Medinaceli. No volverá hasta el sábado. ¿Por qué me lo preguntas?

—No, por nada —dijo mirando el techo—, aunque dada las circunstancias, estaba pensando que lo mejor es que te dirijas a los españoles en unas condiciones óptimas. Nos jugamos mucho, no sea el caso de que en plena grabación tengamos un sobresalto. No quiero ni pensarlo. Además…, bueno no te lo quería decir…, pero es que…

El rey utilizó un segundo monosílabo.

—¿Más?

—Pues que el jefe de seguridad ha pillado al jardinero con una colección de bragas nórdicas de la talla treinta y dos.

—¡Santo Dios!

—El jardinero ha confesado. Le ha dicho a McLuhan que se está preparando algo gordo en la Zarzuela, que me seguirá informando, y que las bragas obran en su poder. Quiere analizarlas, y hace bien. Nunca se sabe por donde llegará el peligro.

—Bien, cariño —dijo Felipe—. La verdad es que no sabría decirte.

—¿Sabes? Eso es lo que me gusta de ti, tu temple —dijo Leticia caracoleando el pelo más largo del pecho del rey —. A veces imagino que tú eres el Sansón y yo Dalila. ¿Te acuerdas de esa historia bíblica?

—Algo de un templo, ¿no?

—Bueno, sí, pero no exactamente. Dalila conspiraba a favor de los judíos, y como Sansón era filisteo, una noche cuando dormía le cortó el pelo, que era lo que le daba el poder. Yo haré lo mismo —deslizó la mano hasta la zona más caliente y húmeda del rey— pero —apretó— con esto.

Por la mañana, a eso de las diez, el rey concluía su discurso:

Son momentos difíciles, pero los superaremos. Son momentos muy complejos, pero saldremos adelante. Porque creemos en nuestro país y nos sentimos orgullosos de lo que somos. Porque nuestros principios democráticos son fuertes, son sólidos. Y lo son porque están basados en el deseo de millones y millones de españoles de convivir en paz y en libertad. Así hemos ido construyendo la España de las últimas décadas. Y así debemos seguir ese camino, con serenidad y determinación [...]. Termino ya estas palabras, dirigidas a todo el pueblo español para subrayar una vez más el firme compromiso de la Corona con la Constitución y con la democracia...

Dedicó un día entero para recabar opiniones sobre lo escrito, y cambiar algunas frases enunciativas por exclamativas, y las subordinadas por imperativas. Y, aunque todo fueron alabanzas, alguien reparó en la necesidad de ser, al menos, condescendiente con el sujeto del discurso, que no era otro, que aquel que resultó aporreado un día antes. Una observación impropia, dijeron los colaboradores de su círculo íntimo. Con esa determinación cenó, con la misma creencia se fue a la cama.

El día siguiente, 3 de octubre, amaneció con nubes de plata sucia que tomaron distintas tonalidades (naranja, por el lado del sol, y de cobre, por el este) según avanzaba el día y soplaba el viento. Rozando las seis, y cuando el cielo era yo del color de las berenjenas, Su Majestad el rey Felipe VI salió del Pabellón del Príncipe, y tomó el camino del palacio de la Zarzuela. El discurso lo leería en el despacho que había elegido para la ocasión al que, desde la primera hora de la tarde, no habían parado de llegar técnicos de sonido, cámaras con pesados equipos, maquilladoras, asesores de comunicación, algunos periodistas "amigos", y hasta de una furgoneta bajaron dos torres con focos y pantallas, no fuera caso que el rey optara por un plano exterior.

El rey se miró el reloj y preguntó a McLuhan:

—¿Dónde está Leticia?

—Majestad, doña Leticia está en el tocador desde las tres y quince minutos de la tarde.

—¡Caramba!

—Es obvio, Majestad, que doña Leticia no deja nada al azar a la hora de maquillarse y de elegir los looks que le favorezcan, y esto resulta prioritario, independientemente de la naturaleza del acto porque ella es *acto* en sí misma. —El rey asintió discretamente—. O sea, que, Majestad, un poco de paciencia. El discurso que con tanto celo —*ahínco* sería el término justo— ha ultimado, puede esperar, porque en esto Su Majestad la reina se resiste a ser la invitada de piedra, y sabe, Su Majestad, que a doña Leticia Ortiz Rocasolano no hay nada que le moleste más que ser un florero en mitad de un campo de nabos. Su Majestad no debería ignorar la trascendencia de ciertas decisiones que la reina ha debido tomar en solitario relacionadas directamente con su armario. ¿Estará informado, supongo, de que ha roto con el modisto Felipe Varela? (El rey colocó un detalle de perplejidad en su rostro.) Pues resulta que sí, confirmado. Su nueva estilista, Eva Fernández, una *influencer* de moda, le tira más el quinteto formado por Lombardini, Ana Locking, Stella McCartney, Carolina Herrera y Hugo Boss, aunque todos los *fashionistas* creyeron que el costurero de oro iba a ser para el indiscutible Giorgio Armani. Pues no. Es la guerra, Majestad, en serio. Por Armani, la reina siente un no sé qué, pero que no pasa de ahí, Atos Lombardini le chifla, Locking representa la grandeza, McCartney la suavidad de los tonos encendidos, Carolina la imaginación inconmensurable, Varela el desborde de las formas y la audacia del contenido, y Boss... Boss, ¡qué le voy a decir, Majestad! Boss es como si el mar se vistiera con encajes de plata. Porque, vamos a ver, ¿con qué vestido aparece doña Leticia para acompañar a un discurso tan trascendental? Tan, tan, tan... Eso lleva su tiempo. Supongamos que opta en esta ocasión por Lombardini, y por la pieza de su colección *Musa al atardecer*, que le ha hecho tilín y que tan idónea resulta para la hora del crepúsculo... Ok, asunto resuelto. Pero eso no es todo, Majestad, ahora debe afrontar, con el riesgo que eso supone, el maquillaje. Y eso ya... Me consta que doña Leticia lleva años trabajando sus cejas con un iluminador que le aporta un extra de luz y que, además, enmarca sus párpados con *eyeliner*, algo fuera de serie. ¿*Eyeliner*?, ¡Sí! ¿Le suena, Majestad? Es lo último en delimitador de ojos además de impermeable. Debería saber, Majestad, que si tarda doña Leticia es porque el verde en la línea de agua interior del párpado la entretiene. Se lo dijo a Su Majestad el señor Miguel de Max Factor, Miguel, ¿se acuerda, Majestad? Ah, no, que no se acuerda. ¿Cómo es que no se acuerda? Fue en la cena Connection-Live, en la que los invitados recogían bonos para financiar la construcción de un pozo de agua en Leticia, el pueblo de la Colombia amazónica que lleva el mismo nombre de la reina, y que ella, seguro, le habría gustado hermanar con la Zarzuela, que no es un pueblo pero que también tiene su historia. Pues bien, el de Max Factor le dijo a la señora reina que utilizara un trazo de lápiz de ojos menos definido, un tono ahumado para resaltar sus ojos verdes, para presumir siempre de mirada fresca y descansada, una mirada emergente, retadora, única... la mirada de España. Puestas así las cosas comprenderá, Majestad, que doña Leticia no puede bajar, así como así, de bote pronto, sin más, porque ella es un *trending topic*. Y bueno, ¿quién sabe si aparecerá entre los periodistas? Por aquí pululan Lucky O'Hara, de *Look & Lights,* Sara Ambrosina de *Vanity Flowers* y el cursi de Pepe Grande de *Hello Spain!*. Los tres y muchos más se pegarían de hostias por tomarle una exclusiva mundial a la reina mientras, es un decir, ella libera una china de su zapato en el verde rabioso del césped. Ya sé, Majestad, que no tiene por qué saberlo todo, que otros asuntos lo entretienen. No tiene por qué saber que algunos de los tratamientos rejuvenecedores del rostro de su esposa, como el dióxido de carbono o el láser fraccionado le aporta una luminosidad en la piel capaz de competir con las bombillas que Carmena coloca en Recoletos para Navidad. ¿Y qué sabe, Majestad, acerca de las inyecciones de relleno con ácido hialurónico que previenen el envejecimiento? ¿O en qué tipo de yoga milita doña Leticia? Bueno, pues para que Su Majestad se entere: doña Leticia profesa el yoga Iyengar. ¿Qué lo sabía? Vale. Pero ¿sabe Su Majestad por qué? Pues porque el yoga Iyengar es para alinear la forma del cuerpo, pues mantiene las posturas durante horas para fijarlas y que, a diferencia del hatha yoga, o del yoga ashtanga, que defiende las posturas secuenciales, el Iyengar, que le decía, Majestad, es más apropiado para el sistema óseo y muscular de doña Leticia. Dicho lo anterior, ahora, ahora mismito, lo que ha de hacer, Majestad, es concentrarse en el discurso, y luego, para celebrarlo, ella le llevará a cenar al *Yugo,* donde a Sus Majestades les servirán una sopa de miso con fermentos de algas floreada con nori, kombu, y hasta hiziki. ¡Figúrese, Majestad! ¡Hiziki! ¡Sí es que es la leche, Majestad! Y de segundo, de segundo, ¿qué tal una ensalada de setas con maca andina, y reishi, el hongo de la inmortalidad? O sea que tal como pinta la cosa, Majestad, lo mejor es que diga el discurso de la Corona como estaba previsto y deje a doña Leticia a su aire de Loewe.

Como si eso fuera tan fácil, McLuhan.

Emitir los mensajes desde la Zarzuela tiene sus inconvenientes, y como tal su pequeña historia, que deberías conocer. Desde hace años, cuando el rey era príncipe, quiso emanciparse, y lo hizo cuatrocientos metros más arriba del palacio de la Zarzuela, después de restaurar un antiguo inmueble que bautizó como el Pabellón del Príncipe, unos arreglos, que se llevó cerca de cinco millones de euros del erario. Sin embargo, quiso que el despacho dónde se dictaban los discursos de Navidad siguiera en el segundo piso del palacio de la Zarzuela, al igual que algunas otras dependencias, que —digámoslo así— son de uso común para toda la familia. Esa decisión supuso un sofoco para la reina madre, que, como todas las madres, viven en la fascinación de que los hijos son siempre menores de edad. No así con el rey emérito que, después de darle vueltas al asunto, caviló que esta decisión le permitía disfrutar de la misma privacidad que la de su hijo, no sólo en las actividades propias de la realeza, las monterías, y todo lo demás.

Pero hay algo más, McLuhan.

Que la remodelación de La Zarzuela, en 1958, estuviera a cargo del arquitecto y estilista de Franco, Diego Méndez, actividad que compartió con la construcción del Valle de los Caídos, parece un contrasentido, pero que, una y otra se inauguraran en 1958, suma al contrasentido un despropósito. Otros datos históricos adquieren la categoría de esperpénticos: Felipe IV mandó construir La Zarzuela en 1627 como pabellón de caza para disfrute de la Corte, allí se exhibían las piezas y se colgaban las armas. Siglos más tarde, Carlos IV pobló de relojes, una manía admisible de no ser porque el monarca exigía a la servidumbre que les diera cuerda, requisito que dio paso a una rumorología según la cual, el tictac permanente, obsesivo, agónico, de todos aquellos relojes traídos de los lugares más recónditos del mundo y con las formas más estrafalarias que te puedas imaginar, no eran sino el alma de los ahorcados en la Noche de Difuntos. Fue aquí, en el segundo piso, a escasos metros del despacho en el que el rey Felipe VI está a punto de dictar su discurso, donde, en la Noche de las Lechuzas de 1758 nació del vientre de María Núñez Hinojosa, cocinera mayor de palacio, un niño de ojos amarillos.

Faltaba una hora para empezar la grabación del discurso. El rey se aflojó el nudo de la corbata, abrió la ventana de su despacho y sacó la cabeza al exterior como si quisiera salir del fondo de una pecera. Hasta él llegó una bocanada de aire fresco que vivificó su espíritu. Necesitaba relajarse. Ir a por aire. El otoño en los alrededores del palacio de la Zarzuela es una época de sucesos breves y silenciosos: brotes de crisantemos en las jardineras, sauces melancólicos que extienden sus ramas a la tierra para jugar con las hojas secas. Su Majestad avanzó por el jardín. El estanque parecía de plomo, y no de plomo derretido, sino sólido, duro, rugoso, con velos brillantes en la superficie. Empezó a llover, nada como aquel que dice. Podría haber echado a correr (pero un rey no corre, efectúa movimientos lentos y procede con actitud respetuosa ante la melancolía del paisaje). Cesó la lluvia y el rey le dio por pensar, pues aún le aguardaba un trecho. Iba pensando el rey en que, por fin, había llegado el día (el día había llegado) en que pronunciaría un discurso memorable, un discurso patrio, que no fuera un desierto de esterilidades, de frases hechas y de lugares comunes, un discurso que, en palabras de McLuhan, fuera la joya de la corona en tiempos de desaliento. Era, se dijo, la hora de definir posiciones, de tomar partido en favor o en contra para que se extremen los campos y cada uno conozca el lugar que ocupa.

La lluvia seguía cayendo como una cortina vieja. Distraído, con las manos entrelazadas por detrás de la espalda, el rey Felipe VI camina por el pequeño sendero que parte como una alfombra verde desde las escalinatas de La Zarzuela. Escuchó decir ¡probando, probando! Una ardilla (o un conejo gris, pequeño) se cruzó, y en mitad de su carrera zigzagueó sin saber por dónde tirar. Sonrió. Se miró el reloj: faltaban veinte minutos para las nueve la noche, la hora de su discurso. Decidió volver. Apretó el paso, dio una zancada para sortear una pequeña rama que el viento acababa de dejar en el camino cuando notó que había pisado algo poco corriente, una nuez, quizás, por el ruido, o algo peor... Con esa mórbida sensación se apoyó en un árbol, levantó el pie derecho como hacen los perros, esquinó la cabeza ladeándola por encima de su hombro izquierdo, y vio los restos despanzurrados de un caracol en la suela de su zapato. Fue entonces cuando su memoria lo condujo hasta el gesto triste, desaliñado y sombrío de otro rey, Carlos II el Hechizado, monarca de la Casa de Austria que trecientos diecisiete años antes había firmado en su lecho de muerte el testamento que otorgaba los derechos de sucesión a Felipe de Anjou, que luego reinaría en España como Felipe V.

Eso ocurrió en un día como hoy: el 3 de octubre del año 1700.

¡Ohhh, Carri!

—Querido —anunció la señora Neus Caralt a su marido, mientras destapaba un botecito de esmalte para las uñas—, ayer visité la exposición *Carriñosa Again*, en la Sala Orange, y la verdad es que salí anonadada. Este chico maneja el pincel con la misma audacia que la palabra y, si me apuras, hasta con el mismo colorido. —Tomó aire—. El caso es que, tras el refrigerio, que no fue gran cosa, dicho sea de paso, lo invité a pasar este fin de semana con nosotros, así podrá celebrar el día de la Hispanidad en compañía. Su madre y yo, ¿te acuerdas?, fuimos juntas al instituto, Gloria es mi mejor amiga, ya lo sabes. Bueno, ella iba a un curso superior. Ahora que lo pienso... —sacó pecho, se relamió las caderas con las dos manos— y eso se nota.

Ligeramente turbado, el marido dejó de toquetear las perlas de caviar del plato de murano, se desprendió de la servilleta, la anudó y la dejó sobre la mesa.

—Demasiadas emociones —dijo contrariado.

La mujer lo miró de refilón.

—Espero que no tengas inconveniente —dejó pasar unos segundos—. Claro, debí decírtelo con antelación, pero... —Inspiró fuerte—: ¡Oh Dios, tengo tantas cosas en la cabeza!

—¿Es por eso qué el jardinero ha sustituido de la entrada principal las azaleas por dos naranjos?

—Por supuesto —dijo clavando la mirada en los ojos del marido—. También he mandado cambiar las guirnaldas por trompetillas artificiales de ese mismo color y le he dicho al jardinero que le echara un churretón naranja a los geranios violeta que trajiste de Marraquech. Quiero que Carri se encuentre como en su casa. He leído en la revista *Compi Yogui* que transferir los objetos habituales del hábitat de un invitado, es algo muy recomendable para la psicología emocional. —Le sopló a la uña del dedo índice recién pintado de fucsia—. Da estabilidad. —Esperó unos segundos—. Pues eso… He ordenado a Bartomeu que le prepare la habitación de los invitados.

—¿Sabes si pinta desde la lejanía?

—Pues no sé qué decirte, ésa es la verdad... Supongo que tiene un pincel como todo el mundo. —Le dedicó una mirada reprobatoria—. Carri se inspira en la madre naturaleza. Su cuadro *Alegre cervatillo*, motivo de la exposición, está repleto de sugerencias campestres. Fíjate, la crítica dice que ha superado las dos pinturas que lo hicieron famoso: *Buitre crepuscular* y *Alegre cabra en el riachuelo*.

—La suerte siempre llama dos veces.

—Es verdad, aunque, si quieres que te diga la verdad, la exposición fue una excusa para reencontrarse con sus admiradores. Nos dijo que los acontecimientos políticos que han desolado Cataluña... —Ahí se detuvo, ahí tomó aire—. Ya sabes, los que quieren romper España…, lo han llevado, por responsabilidad, a coger de nuevo el pincel. Es de la opinión que el artista debe comprometerse con la España de su tiempo, y ésta es la razón que le anima a trabajar en un cuadro portentoso contra la independencia, algo así como el Guernica, pero al revés. Creo que anda por los últimos toques, y que su idea, dijo, es presentarlo en sociedad cuando empiece la campaña municipal.

Clavería toqueteó, reflexivamente, la punta del cigarro. La ceniza recaló en el tercer botón de su camisa.

—Es mejor que se relaje —dijo—. Que duerma mucho, que fluya...

—Y que lo digas, querido. Ese cuadro será todo un acontecimiento, porque pasar del cubismo al uniformismo exige mucha, pero que mucha técnica. Pero vaya… —Se alborotó el cabello—. ¿Qué es el arte si no abrir nuevas sendas en la autopista creativa? Se lo quiere dedicar al rey en gratitud por el memorable discurso que pronunció el 3 de octubre, tras el referéndum ilegal. El rey se merece eso y mucho más.

Hubo un silencio. Clavería recordó algo:

—¿Pero no le había regalado hace dos años el cuadro *Buey amodorrado en su abrevadero*?

—Desistió al ver el entusiasmo que despertó en los republicanos. —Le sopló a la uña del dedo índice recién pintada de color fucsia—. ¡Este país es una vulgaridad!

Se acercó por detrás de su marido que permanecía sentado en su habitual sillón de orejones y dejó caer las manos sobre los hombros.

—Gordito, pienso que, aunque tengáis estilos distintos, y algún recelo de por medio, podréis compartir la experiencia de la pintura. El pincel une más que la espada.

La última frase de su mujer le pareció hermosa, y bien intencionada. Los dos se dieron una tregua. Neus Caralt se estiró en el diván isabelino, se llevó una mano a la frente, mientras la otra la dejó caer, lánguida como la pala de un remo sobre las aguas de un estanque. Sus ojos grandes y luminosos, de un color azul perla, se entretuvieron con la lámpara del techo, y como si tuviera la imperante necesidad de resumir, exclamó:

—¡Oh, Dios! ¡El esfuerzo de Carri por salvar a España es agotador!

—Las dos cosas lo son, desde luego.

La señora Caralt se giró de golpe. Estaba tensa y acalorada.

—Si se trata de una ocurrencia de las tuyas, te advierto que tiene muy poca, pero que muy poca gracia —censuró con evidente mal humor. Al instante recuperó la posición inicial en el diván, y dijo, ahora con acritud—: Pues eso, a lo que vamos, he pensado que le vendría bien un descanso fuera de los focos mediáticos. Me dijo que estaba encantado y que aprovecharía la estancia en La Ginesta para acabar el cuadro *Otro Guernica es posible*, como lo llama él... Y, mira, ya de paso que conozca a Joana. —Arrugó la nariz—. Esto es todo lo que tengo que decir, así que ya lo sabes.

—No sé si será buena idea. Tu sobrina anda muy atareada preparándose la tesis doctoral sobre las tortugas de doble caparazón, una denuncia sobre la deformación de las especies causada por la voracidad del capitalismo. ¿Supongo que estás al corriente?

—Sí, ya, en el gallinero —censuró la señora Caralt—. No le veo la gracia preparar una tesis sobre lo que no existe. —Sonrió para sus adentros—. Claro, las tortugas, como van más lentas, les ha pillado antes el cambio climático. ¡Ja! Ya son ganas de perder el tiempo... Y lo que es peor: el dinero.

—Eso ya... Te recuerdo que vino de Barcelona en busca de la necesaria tranquilidad y nosotros deberíamos garantizársela; lo de

Carriñosa, aunque interesante, podría desestabilizar su nivel de concentración, *fundirla* como dice ella.

—Sí, hombre, ¿y qué más? Pues mira, de mi sobrina te quería hablar —dijo incorporándose levemente—. Me choca mucho que sus obligaciones universitarias coincidan con la recolección de esa planta africana, que ni tan siquiera echa flores. No creo que tenga propiedades curativas, y que a Joana le importe mucho la salud de los demás, como dice. Desde que llegó se pasa todo el tiempo reparando la cubierta del antiguo gallinero, como si no tuviera otra cosa que hacer. El día menos pensado ya verás donde irán a parar esas plantas.

—Ella dice que el gallinero tiene buenas vibraciones.

—¿Vibraciones? Lo que quiere es ponerme en evidencia. Los vecinos pensarán que meto a mí sobrina en un cubil, que soy una mujer despiadada —echó los ojos al techo con un ligero sofoco—. ¡Oh, mundo cruel, que conviertes la flor del atardecer en espinas de soledad!

—Tampoco es para tanto.

—Ah, ¿no? —exclamó como si acabara de despertarse de un sueño—. Querido, ¿he de recordarte que la mansión tiene catorce habitaciones? Mi sobrina no puede quejarse, tomó dos, una para almacenar esas cochinas plantas. —La señora Caralt, mientras hablaba, repasaba con el pincelito del esmalte fucsia la luna de su pulgar—. Pues nada, que he dispuesto que Carri duerma al fondo del pasillo, en la *diez*, como los campeones, y que pinte en la *nueve.* —Sopló las uñas.

Clavería estiró el cuello todo lo que pudo. Algo importante iba a decir, algo que iba a cambiar el ritmo y hasta la naturaleza de la conversación:

—Neus, quiero que repongas inmediatamente mi pez *Kin Yin*, violeta, y saques la carpa naranja del acuario. Los pececillos del mar Rojo se han asustado y hasta han dejado de comer. Uno de ellos ha saltado a la fregadera, y eso que la sartén está a un palmo.

—Es que… —dijo con un minúsculo balbuceo—. ¡Oh, lo siento, de veras que lo siento! —exclamó como si la voz le patinara dentro de la garganta—. Creía que podían vivir juntos a pesar de la diferencia, como nosotros. ¿Verdad, cariño?

—Ni tú eres un pececillo de colores ni yo el último cetáceo de la temporada. —Estiró el cuello y entrelazó sus brazos—. Neus, estoy verdaderamente enfadado. Quedamos que las decisiones sobre el acuario las compartiríamos democráticamente.

—Y lo haremos, gordito, y lo haremos. Le diré a Bartomeu que compre otro "*Yin Kin*". —Se pasó las manos por la nuca dejando al descubierto un cuello blanco y elegante—. Te resarciré.

—*Kin Yin* —repuso el marido.

En ese momento los dos se miraron, él estuvo a punto de reír, pero su mujer se lo recriminó con una mirada concluyente.

—Eso sí, un *Kin Yin* —repuso Neus Caralt—. Lo haré inmediatamente después de que se marche Carri. Te lo prometo. No te enfades. —Se acercó a él, arrugó la nariz, y sus labios dibujaron una expresión rabiosamente sexual—: ¡Cuchi, cuchi!

—Ya que estamos en pleno armisticio, propongo que Carriñosa ocupe la buhardilla —sugirió el marido que no estaba para declaraciones de amor por muy trascendentales que fueran—. Desde allí tiene perspectivas más amplias, y esto lo agradecen los pintores de vuelo alto. —Echó la vista a la lámpara de lágrimas de vidrio, una de cuyas piezas tintineaba por algún soplo de aire—. A veces desde los campos vestidos de oro puede surgir un pajarraco que plasme en el lienzo la realidad del mundo próximo del artista. Mira Van Gogh. —Cruzó los brazos—. Eso es todo.

—Sí, hombre —dijo apartándose—. Vamos a meter al cabeza de lista municipal en la buhardilla. ¡Ni hablar!

—Lo decía por Joana, ya sabes lo que piensa de Carriñosa. Dice que de niño era muy raro, y que en vez de subir a los árboles se empeñaba en arrancarlos.

—Esta sobrina mía es muy, pero que muy reaccionaria. (La señora Caralt confundía este término con el de *impertinente*, algo a lo que Clavería le restaba importancia.)

—Me dijo en una ocasión que la cara de Carriñosa no le recuerda a nadie de este mundo, y que lo había intentado en el otro con el mismo resultado.

—Que siga buscando —zanjó la señora Caralt retorciendo la boca—: hay tantos mundos como caras.

—Dadas las circunstancias lo mejor es que cuando uno suba la otra baje —aconsejó el marido—. Así evitaríamos una indeseable colisión. Un semáforo no vendría mal en esta casa.

—Ella se irá el sábado por la mañana. Quiere celebrar el Doce de Octubre con los indios mapuches en la Piedra Gentil de Vallgorguina —informó la señora Caralt—. Ya ves... lo que no haga ella para llamar la atención. ¡Mapuches! Si es que... —hizo una pausa—. Cambiando de conversación. A propósito, ¿desde cuándo tienes tantos reparos? Son jóvenes, es mejor que se conozcan.

—Los jóvenes no han de conocerlo todo necesariamente. Hay que dejar algo para los curiosos...

La señora Caralt soltó un memorable suspiro, que era la forma habitual con la que regresaba al pasado.

—¡Oh, qué tiempos aquellos! Carri se formó en el Ampurdán. ¿Te acuerdas gordito? —dijo acercando la mano a la de su marido, que el otro esquivó con cortesía para evitar un segundo "cuchi-cuchi". —Clavería era de la opinión que las manifestaciones de amor deben ser intensas, pero no reiterativas—. Y ni qué decir que sus padres se mostrarán agradecidos de que alguien le abra la puerta de su casa. —Se puso seria y cambió el tono de su voz por otro más impostado, como si recitara—... Aquí encontrará un grifo mal cerrado, un leño en la chimenea y la bolsa del pan colgada detrás de la puerta de cocina. —Se bajó del pedestal imaginario—. De pescar, nada. Con tantas lluvias las aguas han crecido lo suyo.

—Podría intentarlo, río abajo, y seguro que pesca algo. Siempre fue muy cabezón —dijo Clavería al tiempo que de forma indolente rehacía la trompetilla de su cigarro—. Recuerdo que, en su primera comunión le dijo al cura que quería una parte del negocio. La celebró tres veces.

—No seas reaccionario, cielo. ¡Estás hablando de un crio de ocho años! —gritó la señora Caralt, que de inmediato, titubeó con la cabeza—. De niño era raro, es verdad, en eso te doy la razón, las cosas como son, pero de mayor ha sabido reponerse —afiló la voz—, cosa que otros no han hecho... Ciertamente. Tuvo sus contratiempos, sus más y sus menos, como los tenemos todos. —Tragó saliva—. Pobre... recuerdo que cuando Carri anunció su candidatura de diputado al Parlament de Cataluña, su asesor, que era muy del Opus, anunció que se iba a los Picos de Europa a esperar la segunda llegada del Mesías. —Hizo un círculo con los dedos gordo y pulgar de su mano derecha y dijo—: Un cero para su asesor.

—Eso pesa.

—Pesa mucho —confirmó la mujer—. De eso hará...

—Dos años —certificó el marido mientras se liaba un segundo cigarrillo.

—Aunque lo peor fue que su novia lo abandonara una semana antes de casarse —recordó la mujer—. Eso sí que fue una tragedia.

—Dicen que tomó esa decisión después de que Carriñosa intentará colar la lista de bodas durante el debate de investidura.

—Vaya. —La señora Caralt esperó unos segundos para ganar énfasis—. ¿No eres tú el que habla siempre de la máquina del fango? Que si patatín, que si patatán... Pues mira, ahí tienes una buena ciénaga para sumergirte. ¡Habladurías! —Estiró el dedo índice para enfatizar lo que diría a reglón seguido—: Le debemos mucho a Carri; otra cosa bien distinta es que la gente interpreté bien sus mensajes. —Se levantó fue hasta el mueble bar y apareció luego con dos copas, una de grosella y otra de menta. El color verde de la menta besó los labios de la mujer que, pensativamente, dejó la copa de cristal sobre la mesa con la intención de mirar con más detenimiento a su marido.

Desde que había dejado el teatro notaba en él un distanciamiento que atribuyó a la excesiva amplitud del comedor. ¿O serían los nuevos candelabros de los extremos de la mesa? Quizás —pensó— que una salita más pequeña, más recogida, con cortinas naranja podría ganar en intimidad. En más de una ocasión se había propuesto arreglar el porche de la entrada, desde allí el paisaje era verde y ufano, las ardillas correteaban por el jardín, y quizás el verde violento del paisaje podría insuflarle optimismo al marido. Y sabe Dios qué a punto estuvo de llamar a Rojo Cogolludo, el constructor local, pero cada vez que marcaba el número de teléfono una fuerza interior le hacía llamar a su masajista.

—Es muy, pero que muy ingrata la política —dijo la señora Caralt, arrebujándose un pañuelo de seda al cuello, al tiempo que se movía en círculo como si declamara en un escenario—. Imagínate, querido, cómo debe ser una campaña electoral con este otoño de demonios en el que no para de llover. No me quito de la cabeza a este chico, apenas abrigado, deambulando a un lado y otro del municipio reclamando el voto, subido en las cajas de pescado...

—¿Por qué precisamente de pescado? —se interesó Clavería.

Ella convirtió la ceja derecha en un paréntesis:

—Porque es más resbaladizo, por eso... ¡Y has el favor de no interrumpirme! —Tomó impulso—. ¿Y qué me dices de las corrientes de aire en las escuelas, las inclemencias del frío, el calor sofocante, los insultos de las amas de casa, las patadas de los niños en los colegios públicos o los bastonazos de los ancianos en las residencias de la tercera edad? Y ahora vienes tú, con esos chismes baratos... con esa ironía de todo a cien... Es que... —Se le hizo un nudo en la garganta—. Bueno, que sea mi propio marido el que... —Con esfuerzo se rehízo, con alguna dificultad prosiguió—: Lo acusan de ser insensible a la vivienda social... —Se sonó la nariz con gran estruendo—. Cuando, precisamente, ha sido su partido el único que recoge en su programa económico "Una naranja en el balcón de tus sueños", una partida presupuestaria para las goteras. ¿Y qué son las goteras sino las lágrimas de los pobres? El otro día, te lo dije, ¿te acuerdas? —Lo miró fijamente—. No, ya veo que no te acuerdas. En fin, lo que te dije el otro día es que Carri estuvo en la puerta de la iglesia con su equipo de campaña reclamando el voto. Lamentablemente el cura no pudo recibirlo porque tenía un bautizo por la mañana, una boda al mediodía, una comunión por la tarde y un entierro a la hora del crepúsculo. ¡No le pilló el Armagedón de milagro!

—Pues sí.

—El caso es que lo vi tan desmejorado, tan alicaído que me acerqué a él, y como hay confianza me lo llevé a un rincón de la sala de arte y le solté: "¡Oh, Carri! Chico, has de tomarte un descanso, tienes muchas ojeras y eso es mala señal. Supongo que lo del capitán Quita-Lazos no te deja dormir por las noches, pobre... Además, estás perdiendo pelo: yo que tú me compraría un peluquín. Sí, hombre no te cortes, mira el Millo... ¿Dónde vas con ese traje de color paja tan arrugado? No ves que te hace mayor. Y dile a tu grupo parlamentario que te compre unas gafas como dios manda. Te he visto en la televisión desmontando el puente cada dos por tres, y eso me pone de los nervios. Y si a mí me pone de los nervios, con lo que te respeto, imagínate tus electores. Hazlo por ellos". —Se giró—. ¿Me estás escuchando?

—Sí.

—Pues eso, que le insistí: ven a pasar unos días con nosotros, Ramón y yo estaríamos encantados, y a ti te vendrá la mar de bien, le dije. Si te vieran tus padres en este estado no sé qué pensarían. —Alargó las manos en busca de las piernas del marido—. Mi deseo, como comprenderás, es que este chico se olvide de la política y disfrute del paisaje sereno del Ampurdán.

Dicho esto, la señora Caralt se levantó y fue hasta la ventana. Una ardilla daba cuenta de una piña: cada vez que encontraba un piñón miraba en derredor, como si temiera que se lo quitarán del hocico. La tarde había traído algunas nubes que se peleaban contra el sol en un combate de claroscuros por revalidar la supremacía en un cielo áspero que había dejado de ser anaranjado para tomar el color de los plátanos podridos. El astro rey se abría paso como una espada flameante, lacerando las nubes que lejos de sucumbir se multiplicaban en una operación envolvente que acabó por acorralar a un sol cobarde, que, sin embargo, antes de hundirse por el oeste, se detuvo un instante como si esperara el clic de una fotografía. Las últimas sombras de la tarde se alargaron extendiendo un leve tinte oscuro sobre las buganvilias y los hibiscos, para, por fin, dar contra la blanca fachada de la mansión La Ginesta, propiedad que Neus Caralt había heredado de su abuelo, junto con una dote que la convirtió en la mujer más rica del Ampurdán. Antes de eso, hasta bien entrada su madurez, Neus fue la actriz principal de La Farándula, el grupo actuaba cada domingo en el Teatre Borràs, de la plaza Urquinaona de Barcelona. Tuvo que llegar la memorable actuación del mejor Otelo catalán de todos los tiempos, para que ella, Desdémona, se quedara prendada del que sería más tarde su marido. Y aunque ahora los dos volaban bajo (a veces participaban en funciones benéficas), algo quedaba del fervor de aquellos aplausos, pues para los actores y actrices. Ya se sabe, el telón es la almohada azul de sus sueños.

Llegó el primer trueno. La tormenta proclamaba su victoria.

Desde la ventana, la señora Caralt presenció la lucha mayestática (entre el Bien y el Mal, decía ella), y por un instante se acordó de su infancia, que fue árbol confortable, pero que convirtió su juventud en una palangana helada. Aun así, esta mujer mantenía la necesaria conjunción entre la palabra, los movimientos y la elegancia de ejecutarlos, una simbiosis que aprendió en los escenarios.

Pasó la mano por el cristal de la ventana.

—Con esta niebla avanzando como un gato y la lluvia que no para de caer —dijo—. Lo mejor es que Carri no salga de su habitación. Le he dejado en la mesita de noche una colección de *Vidas ejemplares*. Él, de niño, era adicto a los tebeos. —Encogió los hombros—. No sé tú, pero a mí la niebla me pone de los nervios.

—Ya se irá cuando se disipe —dijo Clavería haciendo un ocho con el humo.

—Le he dicho a los criados que cierren las ventanas, que no lean los periódicos, no escuchen la radio ni vean la televisión, y que no se les ocurra hablar de política. —Estiró los brazos hacía el techo, y recitó con voz temblorosa—: "¡Oh Dios, que nos busquen en tu regazo porque el corazón de los hombres se ha hecho prisión!" —Bajó los brazos como si esperara los aplausos que no llegaron—. Quiero que Carri se desenchufe...

—Se desconecte...

—Eso. He ordenado que quiten de la biblioteca los cuadros *La Santa Inquisición*, y *El cocotero tropical*, para que no haya ninguna asociación perversa entre el pasado y el presente. Nada de banderas, nada que le haga pensar en política. Le he dicho a mi sobrina que no se pinche con el lazo amarillo de los golpistas, que no lo haga tampoco con el rosa de... Ya me entiendes, con el azul de las ballenas y el verde de los indecisos, y que tenga mucho cuidado con exhibir la guillotina que les compró a los asalta-congresos. Le he dicho: «Cuidado, chica, porque como me des un disgusto, el año que viene plantas esas hierbas puntiagudas en el despacho de tu padre, que por algo es juez de primera instancia».

—Yo no sería tan drástico —dijo el señor Clavería haciendo una rosquilla con el humo de su cigarro—. Yo prefiero que las cosas discurran por su cauce, que fluyan...

La señora Caralt le dirigió una mirada incisiva.

—Hay una diferencia entre fluir y evaporarse, cielo. Tú, desde que fumas esa picadura, eres proclive a lo segundo.

Razones no le faltaban a Neus Caralt. Desde hacía años su marido se sumía en una crisis de identidad que le duraba desde septiembre hasta bien entrado el invierno. (Los meses restantes se los pasaba de una enojosa crueldad atormentando a los criados.) Tenía la impresión de que, en lo más hondo de su ser, se había producido un desgarro, una oscura relajación moral. Creía ella que, quizás, la disparidad en el ánimo de su marido se debía a su carácter ciclotímico, por lo que dispuso que no hubiera bicicletas en la mansión. Contrariamente, Clavería atribuía el espesor de su estado anímico al síndrome del "invernadero creativo", aunque su esposa hubiera jurado que había entrado en la crisis de los sesenta y dos. Contrató a un profesor de esgrima que le inculcó una actitud flexible ante las estocadas del mundo, pero al poco tiempo prefirió adentrarse, primero en las formas chinescas, luego en la autodisciplina del zen (hasta que supo que esa disciplina dura toda la vida), y finalmente se hizo seguidor de *Action painting*, un selecto grupo de artistas republicanos de Girona que sólo cogían el pincel en las noches de tramontana. Él venía de una familia humilde, por lo que la furia del viento, el color de los campos y los cuernos de la luna, eran elementos que habían dejado de ser simbólicos para convertirse en tangibles. Por eso su pintura realista se salía de los límites del marco. Si el azar, primero, y el amor, después, le fueron de cara, jamás se olvidó de la arbitrariedad del destino ni del capricho de sus tejemanejes.

A las nueve de la noche del viernes sonó la campanilla de la puerta, pero fue el sofocante ladrido de los dogos los que anunciaron la visita. El mayordomo cogió el abrigo del invitado y le indicó que le acompañara, mientras los sirvientes recogían del taxi el equipaje, los bártulos con las pinturas, un enorme lienzo envuelto en un fardo circular y dos caballetes desmontables de considerable tamaño. El mayordomo abrió la acristalada puerta de la sala, iba a anunciar la visita, pero Carriñosa se adelantó.

—¡Hola! —saludó jovialmente.

A pesar de esa hastiada inquietud que significa un rostro nuevo en el paisaje de la casa, ninguno de los presentes alteró un milímetro su quehacer. El piano de cola mostraba su dentadura como si fuera un caballo tendido en mitad del comedor; Joana discutía delante del espejo versallesco qué debía hacer con la reciente espinilla que había irrumpido en su mejilla izquierda, Clavería permanecía arrebujado en su sillón favorito de orejones y la señora acababa de pintarse el resto de las uñas, y metía el pincelito en el bote fucsia. Dos troncones de olivo ardían (innecesariamente) en la chimenea.

—¡Ya estoy aquí! —insistió.

Por una incómoda reverberación del sonido, en una sala desnuda y ancha, Clavería miró en sentido contrario de donde procedía la voz, y se preguntó qué demonios pasaba con aquellos dichosos candelabros que se movían de un lado a otro de la mesa, y por qué la barriguda cómoda *art decó* no paraba de mirarle. El invitado encontró cobijo en aquella escena familiar, encendidamente católica, y sonrió. Su aguda perspicacia le llevó a preguntarle a la chica:

—Usted debe ser Joana...

—Puede tutearme, si lo desea —sugirió la muchacha con una sonrisa incierta—. Picasso decía que el arte es la eliminación de lo innecesario. ¡A la mierda las formalidades! ¿Está de acuerdo?

—Suscribo esas palabras cien por cien —confirmó el recién llegado.

Era, en verdad, Carriñosa, un candidato a quien votarías con una sorprendente facilidad, además de un esforzado artista y un militante que añadía a las consignas del partido algún detalle propio que le hacía parecer un rebelde (un bolígrafo de colores o la funda de su móvil con la familia Simpson podrían constituir dos valiosos ejemplos). Visto con indulgencia la señora Caralt había dado en la diana al prescribir el merecido descanso de su pupilo, pues el intervalo de tiempo que le imponía el silencio del Ampurdán con su calma chicha, lo tenía más que merecido.

Cenaron los cuatro. El comer y el beber habían proporcionado al menos una distracción y un velo a las preguntas con las que Joana pretendió descubrir los frentes ocultos de Carriñosa. Los criados se fueron a dormir a las once después de anunciar el mal tiempo como en ellos era costumbre. Los demás pasaron a la biblioteca en la que, los nichos descoloridos de los cuadros, ahora descabalgados de sus respectivas alcayatas, le daban al recinto un aire de renovado optimismo.

—O sea, ¿qué estás empeñado en darle un revolcón al Guernica? —preguntó Joana con un manoseado retintín.

—No exactamente —respondió Carriñosa con dignidad—. Lo que pretendo es construir otros símbolos para un nuevo escenario político, un discurso gráfico que no esté anclado en el pasado y que...

—Lo pillo —zanjó Joana.

—La destrucción de Guernica por la Legión Condor, en 1937 —prosiguió Carriñosa masticando las palabras—, es equiparable a la catástrofe que representa los que quieren romper España. Y si, en el primer caso, el Guernica de Picasso simboliza esa destrucción —en otro lugar y en otro tiempo, obviamente—, yo quiero establecer un nuevo paradigma, un discurso narrativo distinto. Símbolo contra símbolo, palabra contra palabra, gesto contra gesto.

—¿Y cómo lo harás? —le interrumpió Clavería que había abierto un ojo, mientras mantenía el otro a la espera.

—En primer lugar, he sustituido el blanco y negro del original por el color naranja. —Evaluó la reacción de los demás—. ¡Alguien tenía que hacerlo! La verdad es que el naranja le ha dado un vuelco al *Guernica*. Sinceramente, lo considero una ruptura radical.

—Un antes y después, desde luego —dijo Clavería.

—Reconozco que mi decisión tropieza con aquellos que creen que el arte es inmutable. Se olvidan de que toda obra artística es susceptible de ser modificada. Y debe serlo, porque el progreso no es un asunto coyuntural, sigue su andadura y nos plantea retos y perspectivas más amplias para las que hay que estar preparados. ¿Acaso la obra de Don Juan Tenorio no ha sido mil veces reinterpretada? ¿Es que las grandes películas, antaño en blanco y negro no se filman ahora con los más vivos colores? Los Jardines de Babilonia, ¿no inspiraron, miles de años después, la ornamentación de la Alhambra de Granada? Convendréis en darme la razón. Pero, claro, no me limito solo al color de fondo. El pintor malagueño, al que yo no le quitaré méritos, usa la esquizofrenia del cubismo frente a las formas decorosas del academicismo, más sosegadas y, desde luego, más agradecidas para la psique. Por eso, la imagen del toro, en la izquierda superior del cuadro, la he reemplazado por una vaca lechera, imagen mucho más productiva y sensual (el rostro de Clavería se resumía en un par de ojos saltones). Con esta oportuna alteración incluyo cuatro mensajes subliminares: la defensa animalista, la fecundidad de la hembra frente al macho apátrida de las dehesas, la equiparación del sexo y el valor nutricional de los productos lácteos, muy sentida en la Marca España.

—¡Muy bien! —aplaudió la señora Caralt. Clavería dio tres consecutivas chupadas a su cigarro.

—El mismo criterio me ha guiado en el caso del caballo que relincha, ahora cabra de la legión —prosiguió Carriñosa—. ¿Y qué se puede decir de la inevitable paloma picassiana, insalubre, y responsable de epidemias? He decidido, finalmente, que un buitre ocupe su lugar en el lienzo pues, aunque este bicho no esté dotado de la dulcera de la paloma, se alimenta de organismos muertos, circunstancia sostenible que lo hace merecedor de mi pintura, muy acorde con el mensaje ambientalista que quiero transmitir. —Sonrió de sí mismo—. Como veis, mis queridos, anfitriones, estoy hablando del presente *mutantis*, es decir del futuro

Se oyó un trueno en la lontananza. Las ráfagas de viento y agua arañaron las cristaleras de la mansión. Carriñosa continuó:

—… En cuanto a los ojos estrábicos, diferentes el uno del otro, representados en dos planos simultáneos del *Guernica* original, y tan característico de la confusión cubista, los he fundido en la cosmovisión del ojo de Dios… Y, en fin, si he cambiado la vela que sostiene una mujer por una linterna digital es para dotar a mi pintura de un mayor dinamismo.

—No siga, por el amor de Dios —dijo Clavería, limpiándose el sudor de la frente.

Carriñosa no supo dilucidar si el comentario de Clavería era un grito de desolación, o unas palabras de entusiasmo. Llegó a la convicción que era lo último.

Joana intervino:

—Pero ¿qué relación tiene tu pintura con el independentismo? No le veo la punta.

—Me gusta que me hagas esta pregunta, Joana.

—Vale, sí —atajó ella.

—El soldado que yace con la espada rota en la base del óleo, bien podía ser un guardia civil herido, de los muchos que cayeron noqueados por la turba vende patria el uno de octubre. Aunque, he de decir, que esta incorporación no está resuelta —se sinceró ante la mirada inquisitiva de la muchacha—, como tampoco lo están los personajes que gritan bajo las bombas alemanas en el centro del cuadro, y que, con algunas alteraciones, los he introducido, pacientemente, en una urna gigante en el centro del cuadro.

—No te olvides de las papeletas —recordó la señora Caralt, con un ligero bostezo.

—¡Presentes! —soltó Carriñosa, deslizando una broma en la bruma de la noche. Y dicho esto, abandonó la silla, extendió las manos en la mesa, y dijo como si bajara de un reclinatorio.

—Gracias, ha sido una velada muy agradable y una cena exquisita; ahora, si me lo permiten, me retiro a mi habitación. Tengo que seguir trabajando en un informe que he de presentar en el cierre de la campaña municipal. Espero que...

Un rayo convirtió la frase en puntos suspensivos. La oscuridad duró seis segundos, los que necesitó el generador de gasoil para iluminar de nuevo la mansión.

—¡Santo Dios! —proclamó la señora Caralt—. ¡Cuatro días de lluvia, espero que aguanten las compuertas!

—El alcalde ha dicho que no hay peligro —dijo Clavería—. Eso explica que la gente más modesta se haya refugiado en la iglesia a la espera del día de la Resurrección, que por lo que veo está a la vuelta de la esquina.

La señora Caralt quiso fundir con la mirada a su marido.

Ya en la habitación, Carriñosa se desprendió de su ropa que colgó en un armario de caoba, se puso el pijama naranja, alineó los zapatos junto a la mesita de noche y, tras cumplir con otros requisitos que se le amontonaban, batió los caballetes, desplegó el lienzo y dejó sobre una silla el libro *El arte anaranjado: Un proyecto para el futuro*, del que era autor Carriñosa Díaz, y un caramelo de menta para combatir los estragos de su mal aliento al que era propenso.

Pasaban diez minutos de las seis de la madrugada cuando unos golpes lo sobresaltaron.

—¡Señor candidato, señor candidato!

Era la melosa, aunque inconfundible voz de Joana.

Lo primero que pensó Carriñosa fue en pasarse el peine por sus cabellos, lo segundo fue considerar que esto no solía hacerse de madrugada. Por su mente cruzó como un relámpago, alguna que otra intencionalidad de Joana, que descartó, más por prematura que por arriesgada. Aun así, se llevó el caramelo de menta a la boca. Finalmente convino (tras mirarse fugazmente en el espejo) que sus reflexiones sobre el *Guernica* habían suscitado alguna inaplazable observación de la muchacha.

Abrió la puerta.

Joana llevaba los cabellos mojados y un amplió camisón tapaba su cuerpo, lo que no impedía que los pezones se insinuaran como moras salvajes tras la levedad del tejido.

—Por lo que veo aquí no ha llegado el agua todavía —dijo Joana—. Uf, menos mal.

—¿Las aguas? ¿Qué aguas? —inquirió Carriñosa.

—Pero ¿es que no lo sabes? Ha habido una inundación general —dijo mientras descorría los visillos de las ventanas.

—Pero si caían cuatro gotas.

—¡Sí, sí, cuatro gotas, cuatro gotas que han abierto las compuertas del cielo! Claro, como tú estás en el fondo del pasillo el agua no te ha llegado… aún.

Carriñosa echó los ojos al techo.

—Y bien, ¿qué hacemos?

—Gracias a Dios, esta mansión fue una antigua fortaleza medieval. Había incluso una sala de torturas para los negros de las Antillas que llegaban al Ampurdán mar adentro huyendo de la civilización.

—Lo sé, lo sé —dijo inspirando fuerte—. Hasta en las paredes se nota ese majestuoso esplendor.

—Sí, ya, pero es que el dique principal de la Riera se ha desplomado, incapaz de soportar el empuje del agua y como la mansión está en una depresión, el agua ha entrado a torbellinos por las caballerizas, y subido hasta la cocina. Y eso que llevó siglos diciéndole a mi tía que mandara hacer un contramuro. Pero como no le caigo bien, como soy una incomprendida por mi actitud rebelde, por un oído le entra y por el otro le sale. Ahora a apechugar con la tragedia que no es moco de pavo. Me pregunto, ¿quién pagará los trastos rotos? El mayordomo ha desaparecido cuando intentaba recuperar al jardinero después de que éste lo intentara a su vez con la cocinera mayor abducida por la tinta de un calamar. Mi tía dice que no salgas, que te quedes en la habitación, y que reces a santa Bárbara.

—¡Santo cielo!

—¡Estamos en alerta roja tres… casi cuatro! ¡Así que: vístete! ¡Los bomberos no paran de salvar vidas, pero llegará un momento en que no podrán cumplir con su misión humanitaria!

—¡Diles que estoy aquí!

—Lo he hecho, pero los pobres se han desorientado.

—Conseguiré que declaren el Ampurdán zona catastrófica.

—Eso después, después… Mira que lo dije en el ayuntamiento: ojito que va a llover, mover el culo. Ni caso. Una tragedia, ya te digo…

La muchacha fijó las contraventanas interiores a los goznes.

—¡Santo Dios! —exclamó Carriñosa—. ¿Han avisado a los Seguridad Ciudadana?

—Lo hicimos nada más empezar la tragedia, pero están todos en Girona en el Concierto Amarillo, en solidaridad con los presos políticos. —El diputado naranja quiso decir algo, pero se frenó al instante—. El caso es que han quedado aislados. El retén no contesta.

—Claro, a río revuelto…

—Es lo que yo digo. La *indepe* empieza por uno mismo.

—¿Qué puedo hacer?

—No entorpecer, ni poner en riesgo la vida de los demás.

—No interferiré.

—Uf. —Se dejó caer contra la puerta—. La verdad, no sé cómo vamos a salir de ésta. Los niños buscan a sus padres, los padres a sus niños, las mujeres a sus maridos, los banqueros pescan en río revuelto, y el gobierno nada contra corriente. El presidente local de su partido, se lo ha tragado un remolino cuando intentaba almacenar agua para sus macetas. El tren no circula, la estación está llena de serpientes de tres cabezas y…

—¡No!

—Si eres creyente habla con Dios, a ver qué te dice, yo pondré una vela a los bomberos.

—De acuerdo.

—Ah, y no abras el grifo del agua, no se puede beber: los pozos negros se han reventado y la mierda corre por las cañerías que da gusto. Mi tío dice que la situación se le ha escapado de las manos a los de Seguridad Ciudadana.

Carriñosa buscó el móvil por su chaqueta.

—¡¿Qué haces, insensato?!

—Llamo al secretario general de mi partido.

—¡Estás mal de la cabeza! ¿Es que no has oído a los de Salvamento Marítimo?

—No.

—Claro, por el oleaje. Tenemos órdenes de no usar el móvil para no entorpecer las comunicaciones. ¡Piensa en los demás!

—¡De acuerdo!

—Ni que decir que mi tía te da las gracias por adelantado, ya sabes lo mucho que le aprecia.

Se oyeron unos pasos. Luego:

—¡Señorita Joana, señorita Joana...!

—Esa voz... diría que...—susurró Carriñosa.

—Es el capitán Genovés, de Salvamento Marítimo —le aclaró Joana de inmediato—. Está al mando de todo.

—... ¡Señorita Joana!, ¿me oye?

—Sí, capitán.

—¡Voto a bríos! ¡Tenemos las horas contadas! ¡Sálvese quien pueda!

Una luz intermitente, amarillo cadmio, se coló por las rendijas, junto con el rugir de una sirena.

—¿Ves lo que te digo? Los de salvamento trabajan a pleno pulmón.

—En un minuto haré la maleta.

—Sí, por favor, date prisa. De las pinturas, los lienzos, los caballetes y todo lo demás, lo cargaré en la barca de salvamento. —Miró hacia la mesita de noche—. ¿Qué son estos libros?

—Documentos internos de mi partido. Por nada del mundo deben caer en manos de la oposición.

—Métalos todos en esta bolsa antihumedad. Ya me ocuparé de que se salven del agua.

—¿Y mientras tanto?

—Mientras tanto, quietecito... Le diré al capitán que te recoja con su barca.

—Bien. Pero ¿cuándo?

—Primero las mujeres y los niños, como en el *Titanic*; luego el resto.

—Correcto. Avíseme por si pudiera hacer alguna cosa. Me gustaría ayudar en lo que pueda.

Las últimas palabras conmovieron a Joana, se olvidó del peligro, avanzó hacía él y le puso las manos en el hombro.

—Gracias, compañero, pero en tu caso lo mejor es que no hagas nada, absolutamente nada. A veces no hacer nada es la mejor forma de contribuir. —Le dio la espalda—. Intenta tranquilizarte, estaré de vuelta lo más pronto posible.

Para Carriñosa fue la peor experiencia de su vida. Se dijo que, si sobrevivía a la tragedia, escribiría sus memorias y le dedicaría dos capítulos a esta noche trágica. Intentó tranquilizarse, pero los gritos del servicio, sumadas a las órdenes que llegaban del capitán a través del megáfono y el trajín de las sirenas se lo impidieron. Se sentó en el borde de la cama. Pasaron los primeros minutos y el silencio se apoderó de la estancia. Al rato callaron las sirenas, luego se apaciguaron las voces. En el filo del día que comenzaba el candidato empezó a dar vueltas en la habitación, después sobre sí mismo. Una ligera sospecha se fue haciendo grande y pesada. La incertidumbre lo llevó hasta el alfeizar de la ventana, donde creyó ver un rayo de luz, ¿o sería un foco de los bomberos? Su osadía (o su inconciencia) le llevó a abrir la ventana.

La luz del día mostraba las huellas de la tormenta, pero también derramaba briznas de sol sobre el césped. Algunas ramas de los hibiscos, las más altas, se habían desgajado del tronco, y yacían en el suelo del jardín, medio enterradas entre los charcos y la tierra. Sin embargo, las cuatro acacias que se adentraban por el lado izquierdo del camino, hasta el portón de hierro, parecían más verdes, y más contentas que nunca. El sol que se hacía más intenso por momentos amenazaba con extinguir, definitivamente, los frágiles bancos de niebla, que poco a poco desaparecían entre los árboles absorbidos por las prisas del día que empezaba. La mañana le había devuelto a la noche la gracia de la lluvia y el favor clamoroso de la tormenta. El jardín era una fiesta.

En el semicírculo de la entrada principal, el servicio doméstico de la familia Clavería-Caralt, con el mayordomo Bartomeu al frente, despedía, entre risas, a Joana mientras cargaba sus cosas en una pequeña furgoneta a la que le había pintado una extraña hoja puntiaguda. Carriñosa se fijó en el toldo naranja, con gruesas y desconcertantes manchas oscuras pintarrajeadas que cubría la maltrecha tablada cuya puerta desencajada anunciaba el gallinero, y encima de la leña creyó ver lo que parecían los restos de un caballete. Tragó saliva. Sintió una sensación de apremio, pero ningún deseo de venganza le nubló el corazón que, tras el vuelco, siguió con su ritmo habitual. Abrió la ventana de par en par, llenó sus pulmones y se preguntó si debería bajar las escaleras y hundir de reproches a la familia, o esperar a ver qué le depararía el desayuno.

La furgoneta se puso en marcha. Joana le guiñó un ojo a Clavería, que en aquel momento buscaba alguna cosa por el bolsillo de su batín nórdico.

—No lo pierdas, es afgano —le advirtió Joana con una sonrisa de complicidad—. Gracias por todo, capitán Genovés. ¡Cuida del gallinero!

—No te preocupes.

Asomó la cabeza por la ventanilla. El viento sacudía sus cabellos rojizos como la tela de una bandera deshilachada.

—¡Has estado genial! —gritó intentando enderezar la dirección de la furgoneta—. ¡Ah, y un beso muy fuerte para mi tía! ¡Es la mejor!

La mano que descorre el visillo de la ventana del primer piso de la mansión La Ginesta tiene las uñas pintadas de color fucsia. Después de un largo minuto la misma mano vuelve a correr la cortina, y deja la estancia en la penumbra. Es entonces cuando aparece el tramoyista del Teatre Borràs manejando el telón entre los aplausos encendidos del público y la reverencia ritual de los actores.

Llarena en su laberinto

Me llamo Pablo Llanera Conde. Tengo cincuenta y siete años, soy juez titular de la Sala Segunda del Tribunal Supremo de España. Desde la madrugada del día 4 de enero de 2021 estoy en prisión preventiva a la espera de juicio en la cárcel de Quatre Camins, por orden —que no por mérito— del magistrado Costa Samper, titular de la Sala Segunda del Alto Tribunal de Justicia de la República Democrática de Cataluña. Ocupo la celda 74 del módulo 3, la del fondo de la galería.

La euroorden de búsqueda y captura contra mi persona la cursó el Tribunal Superior de Justicia de la República de Cataluña (TSJRC), el pasado 22 de diciembre del año referido, y fue elevada al Reino de España, y notificada —como es preceptivo— a todos los países miembros de la Comunidad Europea, así como a las respectivas cancillerías y ministerios de Interior. El Alto Tribunal de Cataluña me acusa de un delito de prevaricación continuado (*peccatum permansit*) y otro de temeridad procesal por la incoación del sumario 20907/2017, contra dirigentes del proceso independentista a los que acusé de rebelión y de violentar el orden constitucional, a los que más tarde, la Sala que los juzgó los declaró inocentes. Mi detención se produjo en el Aeropuerto de Barajas, a las diecinueve horas y treinta minutos del día 1 de enero del año en curso, cuando me disponía embarcar en el vuelo CPA-2156 con destino a Panamá. Aquí, en la antigua Universidad de las Américas debía impartir la conferencia *El Estado español no es un estado cualquiera*, dentro del ciclo "Justicia y moral", auspiciado por la asociación gubernamental Señor Mío Jesucristo.

El traslado hasta Barcelona en el vuelo regular 2324-BCN, fue rápido y seguro. Y, aunque escoltado, primero por la Guardia Civil, y después por la Policía de Fronteras de Cataluña, no se me privó de la cortesía y buenas maneras que merecen los detenidos. Una lima con limón y cacahuetes tostados, servida con los periódicos *Catalonia Daily* y *Rex Pública*, más una doble almohadilla para recrear mis pensamientos acreditan mis palabras. Y si bien, el *habeas corpus* se aplicó con las debidas garantías, no puedo decir lo mismo de las actuaciones posteriores que beben su infortunio a la Asamblea Popular Legislativa, dominada como es fama por los Comités de Vigilancia Republicana, CVR, en sus siglas.

Aunque mi detención se practicó ajustada a derecho —insisto en este punto—, no lo fue, sin embargo, mi traslado, catorce horas después a la prisión catalana. En cuyo trayecto, esposado a la espalda y a una velocidad superior —e innecesaria— del vehículo que me trasladaba, sufrí toda suerte de inconvenientes, como bien acreditará el forense en el momento procesal oportuno. Y, no sólo eso. Mi abogado ha presentado denuncia mediante la pieza separada 8/78216, por la conversación humillante en la que los agentes republicanos de Fronteras mantienen en el momento que el coche celular sube por la rampa del parking judicial. Las expresiones que recoge un micrófono unidireccional de la cadena NBC, camuflado, al parecer, en una papelera, podrían ser constitutivas de un delito de menoscabo contra las personas, tipificado en los artículos 22, 25 y 29 de la Ley de Enjuiciamiento Criminal (LEC). Cito literalmente: "La infancia de este juez fue gris, y grises fueron su juventud y madurez". Otro: "Vivió como un hombre topo de sí mismo". Una más: "Este tío estuvo en Cataluña, pero realmente no despegó el culo de Madrid". Y esta otra en la que se advierte un ligero devaneo con la pedantería: "Los hombres que para figurar recurren a la injusticia, dejan señales inútiles". Asimismo, los susodichos agentes profirieron descalificaciones de carácter íntimo —y hasta de índole sexual—difícilmente reproducibles, y que mi decoro ha arrojado a la papelera de la ignominia. Definitivamente, la libertad de expresión no puede amparar tamaño desacato. Veremos qué resuelve su señoría.

De igual forma, la justicia republicana no puede pasar por alto que, durante mi traslado a la cárcel ni siquiera se me permitió el ejercicio de expeler cuando lo requerí a los funcionarios que me trasladaban, a los que informé en modo y orden de mi modesta dolencia de peristaltismo que me obliga a la micción con más frecuencia que la deseada. Ocioso fue que les recordara las prerrogativas que ampara a los detenidos en este supuesto la Convención Internacional de los Derechos Humanos, cuyo artículo 68 y 68 bis, sanciona: "Los funcionarios, bajo cuya custodia están los detenidos, deben garantizar la evacuación (fisiológica) de éstos en los términos que siguen: Al preso se le proveerá del tiempo imprescindible para que evacue en los casos perentorios, ya sea su necesidad de orden menor o mayor, con recipiente o sin él. Y, si para tal efecto, el dispositivo de seguridad ha de detener momentáneamente su curso, es del todo preceptivo que lo haga sin dilación". El conductor ignoró la ley, y también mis quejas que fueron constantes, en un trayecto en el que los socavones precedían al vehículo de forma sorprendente.

Diré (en justa correspondencia con el director de la prisión, don Joan Picó i Moragas) que, tras superar el agudo estreñimiento que padecí en las primeras semanas de cautiverio, ahora deposito con fluidez gracias al cambio sustancial de mi dieta, aunque advierto unas recurrentes flatulencias que, injustamente, han sido motivo de mofa por los medios de comunicación locales. Deseo denunciar —lo hago sin pestañear— la filmación de un vídeo no autorizado, en la que, distraído, aunque motivado, hurgo por el interior mi nariz durante la conferencia *El bajo relieve de los mundos*, impartida en la biblioteca de la cárcel por el preso Pepe Guitarra el Rata. Agradezco a la dirección de la cárcel que se me permitiera un ordenador portátil, una pequeña impresora, a la que no le falta papel ni tinta, dos libros de jurisprudencia y otro más titulado *El derecho y las campanas* (Editorial Frontispicio, 2010), del que soy autor. Obra que fue galardonada por el Arzobispado de Burgos con la medalla *Cristiano Pacem* en reconocimiento a la investigación recogida a lo largo de sus 1.895 páginas, escritas en bastardilla, y que establece las bases que deben regir el derecho consuetudinario de los campanarios, y el que les asiste a los beneficiarios pasivos de la acción de los badajos. Ni que decir que este libro me reconforta.

Sumaré a lo anterior unas líneas biográficas (ahora que ando por los prolegómenos) para acreditar que nací en las fatigadas tierras de León, aprendí derecho en Valladolid, junto al Pisuerga, lo ejercité en Torrelavega, Cantabria (bajo el manto de la Virgen Grande y el milagro de El Soplao, donde la constancia del agua es prodigio). Mi autoridad procede de una prolija saga familiar empecinada en legitimar el derecho. Anoto los más cercanos: Mi padre, Jesús Llarena, fue magistrado en ejercicio de la Sala de lo Civil y Penal del Tribunal Superior de Justicia de la muy querida Castilla y León, y durante mucho tiempo presidente del coro inapelable del Orfeón burgalés. Mi madre, Carmen Conde, fue la primera magistrada de Toledo, y, durante muchos años jueza de la Sala de lo Social del Tribunal Superior de Justicia de esa comunidad autónoma. Ella me mostró el camino del orden y también, cierta laxitud en las formas sociales pues recuerdo que se casó de corto en la Casa de la Capilla del Sagrario de la Catedral. Como mi madre, soy fumador, pero de cigarros habanos. Mis preferidos son los Montecristo con fajín morado. Practico el golf y monto (cuando mis obligaciones me lo permiten) en una rutilante Harley Davidson. Ni las alforjas ni el guardabarros delantero son de origen.

Otras inquietudes fortalecieron mi juventud: la levedad del barroco, el canto gregoriano y la codicia de la lectura. Durante diecinueve años fui docto en leyes en la ciudad inmortal de Barcelona, los más encomiables. Presté mi saber a la Escuela Judicial de Uruguay y al Procesal Penal de Santo Domingo. He compartido a la par derecho y rigor magisterial, valores, que me llevaron al Consejo General del Poder Judicial, con cuyo presidente, Carlos Lesmes, plenipotenciario en leyes, disfruto del acierto de su amistad y de la inmersión jurídica necesaria. Hasta 2020 impartí justicia en la Sala Segunda del Tribunal Superior de Madrid. Milito en la Asociación Profesional de la Magistratura, de la que fui portavoz con grado de entusiasmo. Recientes responsabilidades colmarían esta página. Dejaré el vaso de la vanidad en la mesa de los humildes.

Mi escrito de recusación al procedimiento, que acredito en el informe A/689, junto con la pieza separada B/A-33, presentado a la Sala de Recusación en día y forma el día 1 del 7, a las 14 horas del corriente mes y del presente año y que, incomprensiblemente, la Sala no cursó aduciendo la imposibilidad de darle trámite en una fecha "que, aunque lectiva —cito literalmente—, es altamente simbólica para la institución judicial de la República, lo que hace imposible su tramitación". Tamaño desatino constituye una vulneración de derechos y garantías, por lo que mi abogado, Justo Domingo Tresluces, recurrió aduciendo en su escrito que, "la actividad natural de la justicia no puede, ni debe —ni es admisible— estar supeditada a fechas, acontecimientos o avatares históricos ni de cualquier otra naturaleza exógena al derecho, que podrían ser interpretados de forma diametralmente distinta por las partes representadas en el litigio e incluso por los confesos de la historia". No procedió. Después, otras recusaciones padecieron la misma suerte.

Lamentablemente, si la Sala de Recusación actúo no conforme a derecho, el Alto Tribunal de la República ha consolidado esa perversión procesal al establecer como valor argumental incuestionable lo que sigue: "Este tribunal insta a la defensa del reo Pablo Llarena Conde que, cuando tenga a bien ejercer el derecho de recurso, interpele al Reino de España sobre fechas o efemérides de gran calado patriótico propio del Régimen del 78. De esta forma el tribunal evitará la contaminación que ello pudiera comportar para la República Democrática de Cataluña al admitir en fecha tan señalada un recurso de apelación que procede de un país, cuya legislación podría ser calificada de meritoria". Es evidente que estoy en un atasco jurídico.

Este *habitus mali* ha estado presente en todas y cada una de las diligencias, y ha determinado *de facto* que, ninguno de los recursos presentados por mi abogado, hayan surtido efecto. Lo que, al menos, en apariencia, hace pensar que no se está actuando conforme a derecho en esta causa, ni siquiera con buena fe, aunque la buena fe no tenga valor jurídico. Una prueba de ello la encontramos en la confusión del juez instructor republicano que al reclamar al Reino de España una providencia de la Sala de Recusación la confunde con "Sala de la Resurrección", circunstancia que deleitó a los rotativos sensacionalistas, ávidos de elevar el pasmo a la condición de escándalo.

Y, aunque es verdad, que el tiempo, el diálogo y la política consagraron la inutilidad penal de la causa separatista, ello no debería asociarse a la "precariedad del sistema jurídico español en el contexto europeo" (como afirma con mala fe el escrito del instructor catalán). Al contrario, hay que valorar la capacidad de adaptación de la ley española ante el sujeto justiciable, Cataluña, y el ordenamiento del legislativo resultante de la nueva situación política, tal como sentencia Máximo Regalado en su obra *Legem atque consilium*. Por consiguiente, declaro que son inadmisibles los cargos que el fiscal general de Cataluña y la Asociación Primero de Octubre de Esparraguera, decidieron mantener después de mi undécima declaración. El delito de prevaricación que se me imputa sólo puede ser atribuido a mi exigencia sancionadora racional, por unos hechos que pusieron en peligro la Unidad de España (en esas fechas Estado único) y no por mala praxis, como infiere el escrito de la parte acusatoria y el Ministerio Público catalán. En otras palabras: yo aplico la justicia, no la futurología. Si en la actualidad los presos catalanes gozan de libertad y yo sufro el rigor de la prisión, eso demuestra la grandeza de la justicia.

Y en los que respecta a las variables en la tipificación del delito (calificadas por mis detractores de *baile procesal*), y que dan lugar a un eventual delito de prevaricación por el que estoy en prisión, esas variables, digo, se hubieran adaptado al Derecho Europeo de Extradición exigido en mis euroórdenes sólo con una leve disposición a la empatía en esta materia por parte de los tribunales de esos países que tanto presumen de pulcritud procesal. Resulta inconsistente el argumento de que los cargos de rebelión y sedición no hallaron correspondencia en la jurisdicción penal de los países en los que algunos de los procesados encontraron refugio. Una grave limitación legal, de naturaleza proteccionista, que deberían corregir los países de referencia. Yo no envié a mis euroórdenes a luchar contra los defectos de forma, sino a combatir el delito de usurpación de poder, presente en la insurrección catalana. Lamentablemente el contagio pandémico de los malos usos en el ámbito penal exige (aunque con ponderación) un nuevo tratado de la Comunidad Europea en esta materia. Yo estaría dispuesto a ceder mi talento en esta altísima cuestión, a cambio de alguna concesión procesal, por leve que fuese.

En cualquier caso, mi situación procesal está llena de paradojas. Nunca el oxímoron tuvo mejor aplicación dialéctica, pues, bien mirado, estoy preso porque mandé a presidio a los que ahora están en libertad o, dicho de otra forma, la libertad de ellos confirma mi encarcelamiento. O, mejor, ya para concluir: "el árbol que protegió el entramado jurídico de unos hechos probados ha sucumbido por los cortes inapelables del hacha contra el tronco de la ley" (Llarena *dixit*). Una vez más legitimidad y legalidad se han dado la espalda, como si importara más las cuestiones políticas en curso que la relevancia histórica del caso que las ocupó. Soy, por así decirlo, un juez en su laberinto.

Y ahora vayamos a los hechos. Si decidí el ingreso en prisión de los líderes independentistas, es porque me sobraban razones legales para ello. Lejos estaban los encausados de imaginar que los hechos pueden ser interpretados por este juez antes de que ocurran, y que las circunstancias prefiguren lo que nunca ha tenido lugar en el pasado ni tiene porque ocurrir en el futuro. ¿Acaso no incorporé una clase de literatura jurídica en el cuerpo de mi resolución principal al establecer en el delito de rebelión la diferencia entre el adverbio *violentamente* y el sustantivo que le precede? Si el ánimo me acompaña en esta travesía, prometo un tratado sobre este particular, que podría titularse (provisionalmente) *Condenar por lo que pueda pasar*. Coincido en lo acertado de esa frase, aunque asumo de buen grado (como demócrata que soy) cierta similitud con Groucho Marx. Porque ¿acaso no son los malos pensamientos los que preceden a los actos reprobables? ¿Qué es el "efecto mariposa", sino la concatenación sucesiva de los estímulos a la espera de la acción y la materia? Definitivamente opté por ignorar a mis detractores, más por su temeridad que por sus errores.

Huelga decir que fui contrario a la libertad de los procesados, y a que se beneficiaran de un calculado indulto del Reino de España, que, dicho sea de paso, nunca solicitaron. Y aunque ahora gocen de libertad, yo estaré atento a pesar de mis actuales circunstancias de inmovilidad manifiesta. Prometo que haré mía la doctrina moral que establece que "el delito perseguirá al delincuente, con el mismo empeño con el que persevera la espada en el músculo de la ley" (Llarena *dixit again*). En verdad, proclamo, que no estoy dispuesto a que se extinga el instante de luz que ha coronado mi actuación contra el desafío independentista; no permitiré que los intereses espurios jaloneen la verdad jurídica de mi instrucción. Soy antes que nada y después de todo, un soldado de la Justicia.

Permitidme ahora que entre en la parte esencial de la historia. En la víspera del 21 de marzo del año en curso (onomástica de san Braulio de Zaragoza), mi abogado, el catedrático emérito Domingo Tresluces, trasladó al juez del Alto Tribunal de Justicia de Cataluña, que instruye el sumario 2312/2021, los documentos que prefiguran mi inocencia en los hechos de prevaricación continuada que se me imputan. Así, las pruebas enumeradas en las páginas 17, 23, y 58 del recurso de amparo, acreditan que, en modo alguno, actué con negligencia durante la incoación del sumario 20907/2017, contra los procesados independentistas que subvirtieron el orden establecido en Cataluña. Añade el escrito que mi labor procesal estuvo ajustada a derecho, y que la literatura jurídica de mis autos responde a los parámetros habituales de credibilidad y congruencia, distinguiendo con meridiana claridad la tesis de la patraña. El escrito insiste en el hecho de que, en ningún caso, penalicé el color amarillo, aunque lo considerara próximo al desacato (es el color habitual de mis calcetines como intenté demostrar infructuosamente). Y, si asocié la naturaleza del delito como agresión a mis propias convicciones, ello no debería menoscabar el principio de objetividad al impartir justicia, pues yo soy juez, español y viceversa. Lo he dicho, no quiero una España coja. Finalmente, mi abogado, añadió una verdad incuestionable: en todos los procesados hallé un componente psicológico de empecinamiento político y una motivación redentora como demostré con la prueba pericial separada 15/2017.

Motivación que tomaba forma en la figura del que fuera vicepresidente del Gobierno catalán, don Oriol Junqueras i Vies (sirva de referencia), cuya expresión beatifica (la que hace bienaventurado a su enemigo) encubría la tozudez de proclamar la República con la misma pasión que san Pedro la gloria del martirio. Los hechos se empeñaron en darme la razón. Desconozco si el procesado comprendió que, si me mostré inflexible en las interlocutorias, fue para enaltecer mi autoridad, y con ella el Estado que represento ante el peligro secesionista. De la misma forma que cuando don Oriol encontró mi espalda en vez de las palabras, la intención no era otra que la de mitigar mi propia incertidumbre. En ambas erré, y, porque soy humano, lo reconozco: La espalda es el signo atroz de la derrota, la cárcel el sueño del mito, y las cadenas la interminable prolongación de la causa que defiende. Como así fue. Ante la ley ese hombre era un proscrito, pero mis ojos veían en su figura el símbolo que asolaba mi alma. Ese conflicto, ese secreto, oscurecía más aun el espesor de mi fracaso, la contemplación obstinada de mi propia sombra. Para él, estar fuera de ley era una situación accidental, para mí un pequeño título de gloria, a la espera del día predestinado en el que ondearía una única bandera. Éramos dos hombres con dos proyectos. Ganó el suyo, que era el de muchos. Lo supe desde que el justiciable cruzó el umbral de la cárcel. Lo entendí mejor cuando las estrellas me dijeron que a él lo esperaba su gente, a mí el oropel del lujo muerto.

Mi destino se librará en otros campos de batalla. Lo sé. No importa que los legajos judiciales conviertan mi ocaso en la peor de las derrotas. Aporrearé el martillo contra el mismo clavo, urdiré la misma tela de araña hasta que el insecto caiga en el rigor de la trampa. España hasta la extenuación. Lo he dicho otras veces: yo no estaba contra todos, pero sí contra millones de almas que en silencio se alzaron contra la mía. Esa sedición callada me reventaba los tímpanos, me secaba la lengua, me colmaba de herrumbre. Los veía en todas partes, chicos, grandes, ancianos… igual que un enjambre de criaturas amarillas haciendo lazos corredizos, jugando con los alfileres mientras cruzaban miradas aviesas y venganzas ocultas. Juro por Dios que veía sus caras, como veo la noche inevitable desde el ventanuco de mi celda. Al principio creí que ahí estaba el reto, la odisea, la unidad de acción capaz de levantar la esfinge contra la marabunta. Me animé en la exaltación de mí mismo con la inapelable razón de quien sostiene la ley por estandarte sin percibir que mi sombra abandonaba mi cuerpo. Es obvio que la estrategia de mí mismo es susceptible de mejorar.

Desde luego que anhelé el apoyo unánime de mis colegas españoles a mis autos judiciales, pero tropecé con el Manifiesto de los 1.600 constitucionalistas en el que rubrican su disconformidad con el cuerpo de la acusación. Comprensible es que muchos firmantes fueran catalanes; pavor me resulta comprobar que otros lo son de la capital de España, consternación siento ante las firmas que proceden de Galicia, Andalucía, Castilla La Mancha, y hasta uno de Valladolid, al que conocí en mi infancia. Para ellos el delito de rebelión o sedición son inexistentes, para el tribunal que los juzgó, tampoco. Pasan por alto que una cosa y otra concurre en el estado anímico de los procesados (doctrina: *Ego hortari mundado*), y, por lo tanto, en la posibilidad objetiva de que puedan materializar ese desatino, para el que, obviamente, el brazo ejecutor de la justicia debe anticiparse.

Poco diré de los togados europeos a los que extendí la mano —y la ley— y sólo recibí como cortesía los *souvenirs* que enumero: de Bélgica una golosina de Mary Chocolatier; de Escocia una gaita que fue soplada (acreditan) por William Wallace, legendario contra el imperio inglés. Alemania me retornó la carta, en la que, por un craso error dirigí a la "Sra. Führer", y no al titular del Palast der Gerechtigkeit. Una pesada línea cruzaba el reverso: "Señor Llarena, el Führer murió en su búnker, Franco lo hará más pronto que tarde". Extraña reflexión. Tampoco pasaré por alto el reloj de Berna, Suiza, regalo del Departamento Federal de Justicia: un ingenio sumergible al que hay que dar cuerda a diez metros de profundidad. En fin, esperé y esperé, hasta el último minuto que el arzobispo de Burgos me incluyera como hijo adoptivo en el Libro de los Hombres Ilustres de la Catedral, pero sólo hallé (aunque loado sea) una alusión del cura de Torrelavega en la Hoja Diocesana de su parroquia (19-1-2022) en la que proclamaba mi inocencia y prometía un padrenuestro y dos avemarías por la pronta resolución de mí causa.

Sé que, en algunos muros de no pocas ciudades de España, letras pesadas y gruesas reclaman mi libertad; me confirman que en las tapias abundan frases que comparan la justicia con el viejo orden rubricadas por gente de verbo estéril. No estoy en eso. En cambio, lamentablemente, sólo encontré disgregación sin fin al cuerpo y a la letra de mi razonamiento jurídico. De nada sirvió que, en este trance no se tuviera en cuenta que, la valoración global del hecho justiciable no puede ser interpretado bajo la imparcialidad de la parte sancionadora cuando ésta es preponderante en la causa que se juzga (Noelious Petrarca: *Reo permittit et pars*).

Digo que,

la acusación contra mi persona de un delito reiterado de prevaricación que me ha llevado a la cárcel, no se sustancia con los hechos, circunstancias, indicios ni prueba alguna. La situación de preso provisional en el centro penitenciario de Quatre Camins, constituye una situación anómala (y por lo tanto ilegal), máxime cuando está calificación es aplicable en casos excepcionales, en la que el condenable ha contravenido la paz social (circunstancia ajena al procedimiento), o alarma tumultuaria (que no concurre), o intento de alterar las mayorías parlamentarias (no está probado). Por lo que, como persona jurídica, primero, y jurista de profesión, después, considero que se dan las circunstancias para establecer la condición de "preso político", y no de "político preso" como se empeñan los medios de comunicación de la República Catalana.

Otrosí

Os hablé en mi anterior escrito, creo recordar, del ventanuco enrejado con forma de pentágono. Os dije que, al atardecer, cuando el sol inicia la retirada, me reconforta con los colores de azafrán que yo comparé con una fracción de calabaza. Quizás la abertura en el muro sea un capricho de mi imaginación, porque en la cárcel el soliloquio progresa con la soledad y hace que el espejismo se parezca a la cometa que busca la libertad del hilo que la sujeta. A las nueve de la noche se apagan las luces de la prisión y en las galerías aparecen las de seguridad en cada ángulo del techo. Los pocos destellos oblicuos dibujan en el lado izquierdo del muro un pentágono difuso parecido a la mitra de un obispo. Esa gruesa pared de hormigón limita con el exterior, y más allá, donde el camino es abrupto, se erigen como ofrenda a Eolo (el dios de los vientos), las altas torres de los aerogeneradores cuyas aspas baten el aire en una suerte de danza circular que me recuerda a los derviches. Lo sé por el zumbido premonitorio que emiten cuando avanzan las tormentas.

Clavo mis ojos en esa geometría y veo todo lo que me falta. A mi padre sentado frente al Orfeón de Burgos, a la espera de las voces, mientras mi madre sonríe con indulgencia en el tercer banco de la iglesia. Dos niños corretean por allí convirtiendo el pasillo en una prolongación del patio del colegio. Son mis hijos. Por eso el ventanuco es real, necesito que lo sea, y sabe Dios que cometería delito si alguien lo tapara. A su través, veo todo lo que me falta: la risa del agua, el crujido de la hojarasca seca bajo mis pies, el saludo del viento, la noche coronada de dibujos infantiles... y a veces la lluvia. Dejadme que me recree: las primeras gotas de esa lluvia rechinan en el tejado como el crepitar de una sartén. Cierro los ojos y me voy con ellas a través del ventanuco. El agua cae por mis cabellos como una cortina, resbala por mi rostro, me empapa, me sumerge... Los árboles salen del verde violento hasta el principio de las raíces que el musgo cubre y devora. Cesa la lluvia, se deshace la niebla y viene el sol. Seco mis ojos, y con un furioso anhelo camino en círculos, y borracho de alegría y agua, caigo sobre el barro con el que acaba de jugar la tierra mientras de algún lugar llega el *allegro* rotundo de la Quinta Sinfonía de Beethoven. Y pienso, porque de pensar se trata, que la libertad es el primer manantial que conocemos. Recluir a un solo hombre o a una sola mujer en la cárcel debería ser un acto de responsabilidad suprema y el ejercicio de honestidad más profunda de cuentos existen desde el principio del barro. Hay que estar preso para comprenderlo.

Todo esto cabe en ese agujero imaginario. Catorce meses en esta celda, amontonando recursos, leyes y palabras. El mundo inmediato que percibo al otro lado del ventanuco gira sobre pliegos que se alzan sobre castillos de arena. Veremos qué pasa. Se me pone un nudo en la garganta cuando pienso que no hay mayor pena que el desasosiego de la incertidumbre. Es como matar a Jesús dos veces. Ya sé que no me he amotinado, que no he llamado al desorden, ya sé que no hay rebelión contra Cataluña en mis actos, ni sedición que pueda inculparme, que todo está aquí en mi mente, que sólo debo atender un supuesto delito de prevaricación. Pero aun así...

El hombre del sombrero panamá

La cámara de video vigilancia del Pavelló Esportiu Municipal de Sant Julià de Ramis, en Girona (habilitada como sede electoral para la consulta del Referéndum sobre la Autodeterminación de Cataluña), acredita que, a las 8.22 minutos de ese día, 1 de octubre de 2017, un hombre delgado y tieso, del color de las aceitunas, tocado con un sombrero panamá, baja las escaleras del Pavelló y se queda, recostado sobre el quicio de la puerta como si viniera de un largo viaje, a un lugar que ni siquiera conoce ni entiende.

Seis minutos después pasea despreocupado por la entrada del recinto. El video delata que este hombre, al contrario de las personas con las que se cruza (que visten con prendas cómodas e informales, tipo chándal), él lo hace con un traje elegante de color crudo —raro para el otoño—, zapatos de color marrón y camisa azul de cuello redondo con grandes botones. Una pulsera de plata atesora su muñeca izquierda. Su aspecto suscita en algunas de las personas con las que se cruza, sonrisas que no van más allá de la imprudencia. A las 9.00 la cámara lo captura de nuevo en el momento en que se desprende del sombrero, le da vueltas y se distrae con la badana. A las 9.52, esas mismas cámaras, en ese mismo lugar, atestiguan que el hombre es abatido por un golpe fuerte y seco manejado con furia por un guardia civil de la Unidad Especial de Intervención Rápida (UEIR).

Quince días más tarde, el 16 de ese mes, el coordinador del Memorial Uno de Octubre, Paco Sallent, responsable de sumar la relación de heridos y desperfectos de aquella jornada, informa a la comisión que, por extraño que parezca, nadie sabe nada del paradero de ese hombre, que ni siquiera aparece en el censo electoral. Da cuenta, eso sí, que, en la relación de objetos extraviados en aquella mañana tumultuosa, hay un sombrero panamá salpicado con tres inconfundibles gotas de sangre. Desde entonces son muchos los que aventuran en Sant Julià de Ramis que el forastero era un policía de paisano (improbable por la vestimenta, inverosímil por la agresión sufrida); otros le atribuyen la condición de agitador profesional, y hay quien cree haberlo visto en una parada de zapatos en el mercadillo de Sarrià de Ter ejerciendo de patriarca gitano. Sea como fuera, el párroco de la iglesia del Crist Treballador, *mossen* Ciurana, tras visualizar el contenido de las cámaras, elevó al cielo la condición providencial de aquel hombre. Lo hizo con esta cita que recoge la hoja pastoral del domingo 8 de octubre: "Si Dios se levantó tarde en este domingo fundamental para Cataluña, el hombre del sombrero panamá lo hizo de madrugada".

Extraña reflexión que, sin embargo, no concitó la unanimidad de los parroquianos.

Tuvieron que pasar tres meses para que el cartero detuviera su motocicleta en la puerta de la casa de Paco Sallent, tocara al timbre y le entregara un sobre certificado remitido por la agencia audiovisual Otros Ámbitos. El sobre lacrado contenía un vídeo que recoge el sonido de una extravagante conversación (seguramente captada por un micrófono oculto) entre un policía y el hombre del sombrero, conversación que, de paso, confirma la filmación de la cámara de vigilancia del Pavelló. Acompaña al vídeo una carta notarial de cesión de copyright a la corporación local de Sant Julià de Ramis, que complementa con un saludo —cito literalmente—: "fraternal y republicano" para el alcalde Marc Puigtió.

El Memorial Uno de Octubre de este pequeño pueblo del Gironés, ha indagado lo suficiente para avalar lo que sigue: el periodista italiano y remitente del envío postal, Lucas Cavalcanti, se acreditó en el Col.legi de Periodistes de Catalunya el día 27 de septiembre de 2017. El director de este centro, Antoni Magriñà i Socarres, afirma que, en efecto, la credencial CPC-687-0-17, fue librada a Cavalcanti, jefe de redacción de la agencia «Otros Ámbitos», tal como figura en la Hoja de Recepción. El coste por la tramitación, así como la firma del receptor, obran en poder de la comisión. Sin embargo, todas las gestiones emprendidas por el Ayuntamiento para localizar a Cavalcanti resultaron baldías, por lo que, dada la expectación suscitada entre los ciudadanos de Sant Julià de Ramis, Paco Sallent fue comisionado por el equipo de gobierno municipal a desplazarse a Italia para investigar este misterioso asunto. Pues bien, ni en la Stampa Estera (Asociación de la Prensa Italiana), ni en la Uffio Centrale dei Moschettoni (Oficina Central de la Policía), consta ese nombre, ese periodista y tampoco la agencia «Otros Ámbitos».

Sé que circulan algunas copias que, por motivos políticos han denigrado el contenido parcial de la conversación grabada por Cavalcanti. La que reproduzco a continuación es el original cedido por el Memorial Uno de Octubre y que el autor de esta crónica da fe que corresponde al contenido del sobre fechado en Italia. Por último: me he permitido añadir al relato algunos apuntes esenciales para situar al lector en el contexto de la conversación.

Y ya, sin más dilación, empiezo:

El agente de la Unidad Especial de Intervención de la Guardia Civil (número de identificación A-39328759), se plantó delante del hombre del sombrero panamá, el primero a su izquierda, y le dijo, lo que sigue: "Abuelo, con esas pintas, lo mejor es que te vayas a plantar algodón al Misisipí". No es que el aludido representara a los cientos de personas que esta mañana de octubre formaban las barreras de contención que protegían el colegio electoral del Pavelló Esportiu de Sant Julià de Ramis. Si el guardia civil se había dirigido a él, y en esos términos, fue por la simple razón de que los dos quedaron frente a frente delante de la puerta principal del Pavelló.

El hombre del sombrero panamá lejos de atender lo que parecía una sugerencia de mal gusto, le dijo *no* con un inequívoco movimiento de la cabeza ("vete a tomar *por culo*" en el original). El uniformado alzó la porra anunciando una acción contundente, y el otro se tocó el ala del sombrero, como si ese gesto constituyera una declaración de resistencia. Al instante se oyó un silbato. Era la señal. El número A-9328759, y con él, un centenar de guardias civiles, dieron un paso al frente, mientras que el hombre del sombrero y los que entrelazaban las manos con él lo hacían en sentido contrario. Los que formaban la primera cadena humana debieron soportar una doble presión: la que ejercía el extenso cordón de agentes, y por detrás, los que empujaban sin control a sus vecinos con la intención de barrer la entrada a los primeros. Al rato, la primera fila cedió ante el empuje y los golpes de la Guardia Civil que, en un movimiento evolvente, consiguió abrir una brecha en forma de uve en el centro de la multitud. De tal suerte que la parte más numerosa quedó a la derecha del Pavelló, y un pequeño grupo a la izquierda, entre los que se hallaban el número A-9328759, y el protagonista de esta historia.

Con el sombrero calado hasta las orejas, apretando los dientes, empujando con toda la fuerza de la que era capaz, el hombre logró neutralizar el empuje del guardia civil que por su envergadura lo atenazaba como un arenque. Unos jóvenes vinieron a proteger sus sesenta y tantos años, pero él, con chulería, deshizo de ellos con un gesto airado. De perfil, con el cuerpo un poco hacía atrás (para salvar el equilibrio), preservando con los codos la cara y los costados, aguantó los embates del agente que, con el escudo protector arremetía sin tregua contra él. La presión y la fuerza de los dos era tal que, los fotógrafos captaron una secuencia (que luego tendría título de gloria en las redes sociales) en la que se veía la cara del hombre aplastada contra el escudo transparente del policía, similar a la que proyectan los espejos cóncavos de feria encargados de deformar el rostro de quien los mira. Y aunque el agente era grueso, y el del sombrero canijo, pero fuerte como un junco, los dos se prestaban, nariz con nariz, a un duelo incongruente en el que ninguno quería retroceder un ápice. El guardia civil necesitaba unos minutos para doblegar el empuje del que tenía enfrente, y el otro, si acaso, rascar el tiempo que fuera para que los encargados de las urnas las pusieran a salvo.

De pronto, en esa refriega, el hombre del sombrero panamá advirtió algo por debajo de la visera del casco del policía.

—Oye —le dijo, sin dejar de empujar, alzando un poco la cabeza—, yo a ti te conozco. Tú eres de Granada, ¿no?

El número A-39328759 creyendo que el otro utilizaba una estrategia para salir airoso, decidió empujar con más fuerza y dejar las palabras para otro momento. Pero el hombre clavó sus ojos en los del policía, y añadió:

—Sí, claro, tú eres…

El guardia civil miró de reojo a sus compañeros, y se vio en la obligación de responder:

—Échate a un lado, ya estoy hasta los cojones de ti.

El del sombrero sonrió a mala penas.

—¡Eres el hijo de la Encarna y del Enrique! A tu padre le llamaban el Precipicio en el pueblo. ¿A que sí?

El policía bajó un poco el escudo.

—¡Deja paso! —gritó.

Pero el hombre del sombrero panamá ya no tenía ningún temor, si es que llegó a tenerlo. Los músculos del cuello se distendieron, el entrecejo cobró la placidez habitual, y en la comisura de los labios apareció el amago de una sonrisa que le ablandó el rostro. El cerebro había entendido que el momento era otro.

—¿A qué sí? —insistió apuntando al pecho del agente con el dedo índice—. ¿A que eres el hijo del Precipicio?

El guardia civil se debatía entre la confusión, la sorpresa y su deber constitucional. Un ligero cosquilleo le había nacido en la nuca y se expandía como una bendición por los hombros.

El del sombrero chasqueó los dedos. Parecía la mar de feliz.

—¡Anda la hostia! Si es que hay que ver… Te he conocido por la culebrilla debajo del ojo. En cuanto te he visto la culebrilla del ojo he pensado este tío no puede ser otro que el Manolo, el hijo de la Encarna y del Precipicio. Bueno… es que… hay que joderse. Eres la misma estampa que tu padre, como un haba *partía* —le concedió un segundo al recuerdo y otro al pésame—: que en paz descanse.

Si el guardia civil se hubiera desprendido del casco, hubiera aparecido en su lugar una cabeza apolínea, un rostro esquinado y unos ojos tan negros como el pelo que le caía por la frente. Tardó en responder, pero al final lo hizo, aunque con evidente mal humor

—¡Que te apartes, coño! —le gritó sin fuerza—. ¡Vete por ahí! —dijo sin convicción.

El del sombrero había dejado de empujar. Apuntó con el dedo índice a la cara del guardia civil.

—Claro, hombre, claro… La culebrilla te la hiciste con un petardo en la cuesta los Carros, de Peligros, el día de tu primera comunión. ¡Anda que no lo tengo presente!

El agente calibró que la sorpresa no tuviera carácter de deslealtad al Cuerpo; miró a los suyos que en ese momento estaban repartiendo golpes de porra, cogió al del sombrero con fuerza y lo condujo hacía el extremo de la pared del Pavelló.

—¿Y qué? —preguntó mirando en derredor—. ¿Acaso te he autorizado a que escribas mis memorias? ¡Eh, qué!

—¿Cómo que "¡eh, qué!"? —inquirió el del sombrero sacando pecho.

—Sí, ¡qué! —dijo el policía alzando los hombros hasta las orejas. El otro resopló.

—Oye, no vamos a pasar así toda la mañana ¿De qué vas, malaje? ¿Es qué no te acuerdas de mí? ¿Te estás haciendo el longuis o qué? ¿Es eso? Porque si es eso, y eso es lo que creo, tú y yo hemos *acabao*. *Pa* que te enteres: Yo soy Baca, el que tenía el bar "Las Cumbres", en la calle Virgen del Rosario número 3 bis, de Peligros. ¡Tienes que acordarte de mí, hombre de Dios!

—Por allí hay muchos bares. Así que…

—Claro, hombre claro, y tú salías de uno y entrabas a otro. Como en las puertas giratorias.

—No te he visto en mi vida, pero si no te vas ahora mismo ni tú te vas a reconocer, mira que te digo.

El hombre del sombrero panamá hizo un gesto como el que se sienta en una cabina delante de un fotomatón.

—¿De verdad mi cara no te dice nada?

—Tu cara me la encuentro meada en cada esquina.

—¡Joder, Manolo, pero qué mala leche tienes!

—¡Qué te calles, joder! —elevó la porra, apretó los dientes, pero el otro no se amedrentó.

—Tú sí que has meado cantidades industriales de cerveza en mi bar cuando eras un niñato; siempre las pedías de la marca Águila, porque por aquel entonces ya querías volar alto. ¡Anda que no me acuerdo! Y dejabas el plato de *saura encebollá* más *rebañao* que el culo de una mona. ¡Las veces que te fiao! Porque gorrero lo eras un rato. No como tu padre —que en paz descanse—, que pagaba a toca teja.

El guardia civil hizo un gesto de desaire, como si le costara decir:

—Eso sería en el otro mundo.

—Un par de milenios, y me quedo corto, porque... —repasó la ruda vestimenta del agente— porque con esta pinta que metes parece que vengas a la guerra de las galaxias.

El agente le dio un pequeño golpecito en la pierna con la porra; nada como aquel que dice, aunque lo justo para aclararle que allí mandaba él, pese a las circunstancias.

—Oye, Baca, o cómo te llames, sal de aquí. Vete a tu casa, pasa del puto referéndum. Eso es lo que tienes que hacer, y olvídate de mi familia, que la familia es cosa mía. A ver si vas a salir mal parao.

En un instante el hombre del sombrero pasó de emular a John Wayne para representar a Humphrey Bogart.

—Oye, chaval, aquí el que sobra eres tú, y no me quemes más la sangre. ¿Qué atribuciones tienes para hablarme así? Yo he venido a votar, no a jugar al ping-pong con el primer guardia que se cruza en mi camino —se detuvo un instante que él consideró estratégico—. Además, no me iré sin la Angustias y su marido Carrasquet, alias el Catalán. Así que ya lo sabes

El guardia civil dejó caer los brazos, y con ellos la porra. Aquello ya...

—Eh, para el carro... ¿Angustias? ¿Qué Angustias? —Agitó la porra—. Dime...

—Angustias Hinojosa Martínez, ¿te suena?

—¡Mi hermana!

—Tú verás...

El guardia civil se llevó las manos al casco.

—¡Coño, coño, coño!

—Pues ya ves tú.

—¿No me digas que también anda metida en esta mierda mi hermana Angustias?

—¡Todos los de la peña El Perejil de San Julián de Ramis! Bueno —rectificó—, todos no, menos el Morcilla, que se ha hecho de Ciudadanos y anda por ahí depilándose. Seguro que te acuerdas del Morcilla. Su padre tiene una charcutería, conforme vas por la carretera de Jaén, y entras por la antigua cárcel provincial de Granada, ahora en desuso. Si vas por allí dile que conoces al Baca. El dueño y yo somos culo y mierda.

—¡Joder! ¿Y dónde está mi hermana, si no es mucho preguntar?

—Tu hermana está en el departamento de votación, al cuidado de las urnas, Florián Carrasquet, su marido, en la oficina expendedora de papeletas, y el chiquillo de ambos cónyuges en la guardería, El Alegre Vecindario, abierta para el presente acontecimiento trascendental en curso.

—El niño... ¿Qué niño?

—Tu sobrino, ¿quién va a ser? Encima, *descastao*...

—Sabía que estaba en estado de buena esperanza. ¿Cómo fue el parto?

—Y a mí qué me cuentas. ¿Será posible...?

—O, sea, que ya ha dado a luz.

—Claro, no iba estar a oscuras toda la vida.

—¿Cómo se llama?

—Manolillo Carrasquet, aunque no sé si el nombre es por parte de padre o de ti. Eso ya...

—¿Cómo es?

—Gracioso, redondillo, con un chupete.

El del sombrero panamá levantó una ceja, lo que iba a decir exigía un tono distinto, alejado de la refriega que llegaba por todas partes.

—Mira, Manolo, ya sé que no te llevas bien con tu hermana, ni con tu *cuñao*, que ni siquiera hiciste las paces con tu padre, viudo, y más solo que la una, pero eso es por tu mala cabeza, porque de menda eres un rato largo. ¡Es que ni conoces a tu sobrinillo que a lo mejor lleva tu nombre! Si te hubieras *ajustao* más a derecho otro gallo te cantara.

—¡Eh, para el carro!

—¡Mira qué eres, Manolo! Le diste un buen disgusto a tu padre, que era un santo, más bueno que el pan, y no un coscurro como tú. Intenta arreglar tu vida, hombre, ten agallas, sino por ti, al menos por la familia por escasa que sea. Hazme caso si es que te queda una chispa de seso, y no te quemes más la sangre.

Debió ser por alguna mota de polvo que, en los ojos del agente A-9328759 amaneció una lágrima.

—Pues... —Las palabras se le quedaron enganchadas en algún lugar de la garganta.

—¡Ni pues ni *ná*! Ya puedes ir para allá. —Ladeó la cabeza—. Y darle un beso a tu hermana y si acaso un abrazo a tu *cuñao*, y cómprale algo a tu sobrinillo; eso lo que tienes que hacer.

—Después…

—¡Ahora, que aún está entera! —gritó con todas sus fuerzas.

El vozarrón llegó hasta los oídos de los guardias civiles más próximos. Uno de ellos le preguntó a su compañero:

—¿Todo bien, Manuel? ¿Qué pasa con este tío? ¿Nos lo llevamos?

Les dedicó una sonrisa.

—Está a punto de rendirse.

Se fueron. El hombre del sombrero panamá parecía más conciliador:

—¡Venga, hombre, cumple, no te cortes ni un pelo! Hay que coger la vida por las orejas, como a los conejos.

El agente lo apartó a un lado y le dijo, casi mordiéndole la oreja:

—Baca, ahora te vas donde están las mesas y le dices a mi hermana y al gilipollas de su *mario* que cojan y se vayan. Y tú harías bien en hacer lo mismo. ¿Me has entendido? ¿O quieres que te lo repita? ¡Estáis infligiendo la ley! ¡Estáis rompiendo España, joder!

—¡Te repites más que el recibo de la luz!

El guardia civil miró en derredor, se tocó la barbilla por debajo del casco.

—Bien, Baca: ¿vas o no vas…?

—Si bien pudiera, bien lo sabe Dios que te echaría una mano en esto y en lo que hiciera falta, que a mí no se me caen los anillos por hablar con el hijo del Precipicio, aunque sea un madero —farfulló el del sombrero—. Pero tengo que cumplir en la primera fila de aguante. Como fui peso pluma en mis tiempos, me ha *pillao* el CDR.

—¿Y eso qué es?

Iba a responder, pero una voz interior le dijo que esperara.

—¿El qué? —dijo rascándose el cogote por debajo del sombrero.

—El CDR, ¿qué va a ser? ¿Estás tonto o qué?

El otro comprendió que estaba delante de un policía. Tardó en responder, pero al final, dijo:

—Cristianos del Domingo de Resurrección —le dio la espalda—. Mejor que vayas tú…

—No puedo. Compréndelo. Si el mando se percatara sería capaz de acusarme de deserción. No sabes lo que esto. Además, tendría que actuar contra las urnas de la mesa. Estaría la mar de feo por la cosa familiar.

—Llámala por teléfono.

—Borré su número cuando me enteré de que quería romper España. La culpa la tiene su marido, que es catalán. Le dije: si te casas con un catalán pierdes un hermano. Fue lo primero que hizo.

—Pues tu padre, cuando era del PSUC, bien que defendía el referéndum y no rompió nada.

El guardia civil echó la vista al techo (que le pareció infinito). Percibió un cosquilleo en la base del cráneo, y otro más en la sien derecha, donde con más frecuencia notaba las pulsaciones.

—Acércate y le dices que, si ella quiere, que me gustaría darle un beso, que la familia es la familia.

—Vale, sí... Echa...

—Que en lo referente a su marido... que ya se andará.

—Vas bien, sí, señor...

—Que me gustaría conocer a mi sobrinillo...

Aquello podía eternizarse. El hombre del sombrero zanjó:

—¿Y has venido de Granada sin avisarla?

—Me dijo que vivía en San Julián. Esto es San Julián, ¿no? —Se tocó los bolsillos—. En alguna parte tengo sus señas... Pero no he podido verla.

—Claro, no has podido porque le estabas haciendo el paseíllo a Schwarzenegger.

—Pero ¿qué dices? Será el tío... ¿Tú sabes qué es un Directorio de Seguridad en Ruta, gilipollas? ¿Te suena Operación Avispa? No; qué coño saben los separatistas. Pues como no lo sabes, te callas.

El hombre del sombrero resopló, sacó el móvil, buscó el número, lo apuntó en un papel y se lo dio.

—Anda, toma —le dijo—, pero que no sirva de precedente.

El agente se desabrochó la guerrera del uniforme, intentó coger el móvil del bolsillo superior...

—Es mejor que te quites los guantes, porque si no parece que vayas a firmarle un autógrafo a un tranvía.

—Pues si quieres te cuento el chascarrillo del catalán, que metió la cabeza en un acuario creyendo que era una urna. Es muy gracioso.

Se escondió todo lo que pudo, luego se desprendió del casco y del guante derecho que sujetó en la guarnición de la guerrera. Marcó el número y se quedó a la espera.

—No sé qué decirle dadas las circunstancias —dijo con un poco de rubor, mientras tapaba el micrófono del móvil.

—Dile que la quieres, que estás de paso, que aquí no pintas una mierda y que te irás cagando leches después de pedir perdón a cada uno de los que estamos aquí por el estropicio que estáis haciendo. Empieza por ahí.

El guardia civil pareció encenderse de golpe.

—Oye, ¿tú estás majara, o qué? ¿Cómo te atreves? —Alzó la porra—. ¡Mira que te doy, que te voy a dar! —Lo cogió de la camisa—. ¡Que te estoy dando ya!

En ese momento crucial sonó el teléfono. El policía se sobresaltó. Una voz lo reclamaba en la línea:

—¿Síííí?

—Soy Manolo... —dijo el guardia civil con una voz que parecía de mazapán.

—¿Manel de la CUP? —preguntó Angustias.

—No, no, Manolo el Zampabollos..., mujer... —Sus ojos se iluminaron—. Sí, el mismo que viste y calza, tu hermano... —Silencio—. No se oye bien, ¡habla más fuerte! ¿Estás ahí? Que estáis votando. Sí, ya. No, no he venido porque sí, me ha enviado el ministerio para... —La discreción apartó al hombre del sombrero a un lado—. Qué te voy a contar que no sepas... ¿A la noche? Uy, no puedo. Ya me gustaría, he de marchar con mi dispositivo y estar presente en el recuento por si hay bajas. ¿Qué bajas ahora? No, no, estoy aquí arriba, al otro lado, a la derecha según se entra. Si vas por Barcelona... Pues que me gustaría conocer a mi sobrinillo —bajó la voz— me han dicho que es muy guapo. ¿Qué quién? Uno que se llama Baca. ¿No? Pues él bien que te conoce. Lleva un sombrero... El miércoles, dices. Por mí bien. Claro, mujer, el Carrasco también, faltaría... Podrías traerme al Manolillo, y vamos un rato por el Rompeolas o al Tibidabo, y si de caso al Pueblo Español. ¡Sí mejor, al Pueblo Español! ¿Está todavía?... No mujer, no era mi intención... es que con tanto follón... Me he enterao por un... que eres la jefa de las urnas. ¿Cómo? ¿Ah, no? ¿Qué sois todos? Bueno, ya me lo explicarás. ¿Entonces el miércoles en el redondel de la plaza Cataluña donde comen las palomas? —Se aupó sobre sus botas—. Hasta entonces, si Dios quiere y la Virgen lo permite. —Colgó.

El hombre del sombrero intentó llegar al otro extremo del colegio. Las filas de votantes que impedían el paso a la unidad de intervención de la guardia civil se habían convertido en círculos que protegían a los que caían por los golpes. Se encaró a uno de los agentes al que le reprochó su actitud violenta, éste lo cogió de la camisa, alzó la porra, apretó los dientes, tensó los músculos y le asestó un primer golpe, que el otro intentó eludir sin conseguirlo. La sangre manó como un churrete rojizo por debajo del ala del sombrero, a la altura de la sien. Una mueca de dolor y asco nubló su cara, que, a pesar de todo, siguió increpando al agente que en este momento se disponía a propinarle un segundo bastonazo. El hombre (que ya no tenía el sombrero) buscó los ojos del agente y, el otro, por alguna reacción escrita en el libro de la condición humana, dejó en suspenso la porra. Baca se acercó un poco más y le dijo, sin dejar de mirarlo:

—Oye, yo a ti te conozco...

El Informe Thomson

Plantado delante de la ventana, con la vista esquinada hacia la calle, como si quisiera negarse a la luz, el subalterno se lleva las manos a la cabeza y, con el dedo en alcayata indaga por el cuero cabelludo en busca del picor que desde hace rato le inquieta. Es uno de sus tics. El segundo en importancia consiste es palpar el mando del coche a través del bolsillo derecho del pantalón.

Pasan ocho minutos de las nueve de la mañana.

A esta hora el trasiego de la calle es intenso, y las escenas las habituales. En la acera norte de la delegación española, el vendedor de la ONCE comparte un chiste ordinario con un comprador habitual. El restaurante Els Tres Tambors, acaba de subir la persiana; el primer cliente es el gato Fu Manchú, que, como una exhalación, acaba de colarse. Un camarero silba una tonadilla polaca mientras mueve la manivela del toldo. Paco, el del quiosco, hace una hora, o más, que ha colocado el *ABC* en primera fila, a la espera de que pasen los funcionarios de la Delegación. Después sustituye el montón por el periódico *ARA*. Se oye el claxon de una furgoneta. Vuelve a sonar. El conductor no puede mover el vehículo del estacionamiento porque un coche con las luces de posición encendidas se lo impide. A los pocos minutos una mujer sale de la floristería Ginkgo Biloba con una maceta de geranios, tan rojos que parecen besos ardientes en una palangana helada. Cruza el paso de cebra en el mismo instante que el conductor de la furgoneta, vestido con mono azul, camisa blanca y una gorra del Barça, sale al paso y le reprocha a la mujer, a gritos, la desfachatez de colocar el coche detrás del suyo.

—¡Estoy trabajando, señora! ¡Así que haga el favor de tener un poco más de consideración!

—Usted, perdone, es que no hay manera de aparcar en ninguna parte y...

Nerviosa, busca por su bolso las llaves del coche, entre dientes dice mierda. El hombre espera con las manos en jarras, resoplando, inquieto; teatral. Al final sostiene la maceta, y la mujer consigue abrir el coche y se va a toda prisa. El de la furgoneta corre tras ella, la alcanza y mete los geranios por la ventanilla.

Esto es lo que vería el subalterno si su atención no estuviera puesta en el *passatge* Adalid, una callejuela estrecha, a unos cien metros, de casitas pequeñas, donde hay varios estudios de diseño, un restaurante y una productora de televisión, con un jardín compatible con una pizza vegetariana. Sin perder de vista el portón de hierro del *passatge*, el subalterno acaba de dar el OK a un comunicado que le ha librado su jefe de prensa. Tres párrafos emborronan el folio: el primero recomienda a las formaciones nacionalistas que se abstengan de colocar lazos amarillos en los lugares públicos; el segundo insta a preservar el orden en las manifestaciones a favor de los presos independentistas; el tercero defiende como no puede ser de otra manera la libertad de expresión, aunque dentro de los cauces reglamentarios.

Con un gesto se desentiende de la nota de prensa, con otro, muestra su nerviosismo. Otro asunto le preocupa. Consulta su reloj: pasan veintidós minutos de las nueve.

—Hoy no viene —murmura.

Un funcionario de la Delegación española entra al restaurante, pide el encargo, y mientras la cafetera hace su trabajo, mete dos euros en una máquina tragaperras, la que está al lado derecho de la entrada (la otra es la del tabaco). Al rato sale con un café americano, un biquini, un zumo de naranja, una botella de agua, unos palillos y dos servilletas. El policía de guardia mira la bandeja y abre la puerta, le dice al que llega:

—No, gracias.

Ríen los dos. De pronto acaba de asomar un coche por la punta de la calle. Aparca en la zona reservada de seguridad. En el interior del automóvil hay dos jóvenes, uno con gafas oscuras, el otro con una gorra calada, lo dos con barba de náufrago. Hablan, ríen, y fuman. En los asientos traseros del coche hay una caja grande y cuadrada, tapada con la bandera española.

El subalterno se sienta junto a la mesa de estilo colonial, extiende la servilleta sobre su pecho, bebe el zumo, apura el biquini, tintinea la cucharilla del café contra la taza, y bebe un sorbo. Una gota (o dos, quizás tres) le ha manchado la camisa. Moja la servilleta con el agua de la botella y frota con ahínco el lugar de las manchas. El resultado es un círculo difuso de color marrón claro que recuerda la fluidez del intestino grueso. Decide agotar el café. Cierra los ojos, inspira el aroma e intenta relajarse.

—Si le parece, le digo a los de abajo, que lo cojan y lo pongan a buen recaudo. Y asunto finiquitado. Nadie lo va a echar en falta —le conmina el jefe de prensa, ávido de mostrar su eficacia.

El subalterno mueve la cabeza.

—Ocúpate —le ordena, con la intención de zanjar el asunto.

Y dicho esto se levanta y va hasta el lavabo. Saca una camisa de color azul pastel del fondo de un armario, y descuelga de la barra una corbata granate, que vista con exageración recuerda la lengua de un dinosaurio. El espejo le reconforta. Sin embargo, su rostro refleja preocupación. A él lo que de verdad le molesta no es esa mancha inoportuna en la camisa, sino la inquietud de no saber la verdad de las cosas, la percepción pesimista de que, lo que pasa a esta hora de la mañana (entre las nueve y las once) puede derivar en un problema mayor y que le acusen los de arriba de no haber sabido gestionarlo. Eso le exaspera y, además, lo somatiza, que ya es el colmo. El primer síntoma de esa inquietud se traduce en un picor obstinado en la zona parietal. Como ahora. Escarba por allí con la punta de un bolígrafo. Murmura alguna cosa delante del espejo, se lleva las manos a la frente, busca la línea del cuero cabelludo y de un tirón se despega el peluquín del cráneo y lo deja en el mármol del lavabo.

El espejo le muestra toda la crueldad de la que es capaz un cristal cuya eternidad consiste en mirar a los demás sin que lo noten. Una franja vacía de al menos cuatro dedos de ancha recorre la cabeza, desde la frente hasta el cogote. Ahora, el lugar que ocupaba la malla reversible, a la que se adhiere el cabello artificial, lo colma un color rosado y granuloso. Esto no tendría que restarle dignidad a un hombre que recurrió a la prótesis para ocultar su alopecia androgénica. Aunque, bien que le dijeron en las largas sesiones de telegenia de su partido, en Madrid, que lo que delata al postizo no es la ausencia de caspa, sino la unanimidad de los cabellos, el volumen, que debe someterse a la edad del portador (y no al revés), y la disparidad de los tonos del fijo y el removible. Ninguna de estas condiciones concurre en el peluquín del subalterno.

Para colmo, hace dos semanas que vive con el corazón en un puño, víctima de una situación que él califica de paradójica. Tan paradójica y sorprendente como su trasiego político de los últimos años. Primero militó en una formación cristiana, luego permaneció en el limbo, más tarde lo reclutó el partido La Mayoría, cuando esta formación descubrió su máster en Motivación Religiosa y Política Comparada, en la que el autor intenta demostrar que Dios es centrista porque rige el centro del universo. Esto, y su capacidad para la reverencia, lo ungió para que ocupara el cargo de subalterno de la Delegación del Reino de España en Cataluña.

—Cataluña, sí, porque si le quitas la eñe te arrancamos las uñas —le dijo en su toma de posesión el presidente, al que le gustaba coleccionar palabras homófonas.

Desde entonces está en la Delegación, un año ocupado en los rigores del cargo, y dos semanas en el vértigo. El subalterno es de la creencia que el referéndum de autodeterminación de Cataluña ha venido para quedarse, circunstancia que hace volátil su proyecto vital. Y, *"aunque no hubo desorden el día 1 de octubre; ha existido quebrantamiento constitucional"* —repite una y otra vez—. A quince días lectivos de aquello, ahora se enfrenta a una decisión que lo aturde. De ahí el picor de la cabeza.

El sargento Lobatón le dice:

—Lo neutralizamos con añagazas, y que los chicos de ahí abajo lo encierren en la jaula. Y santas pascuas. Usted manda, señor.

—Ya, pero si se resiste, ¿qué hacemos? —inquiere el subalterno.

—Le aplicaremos un tranquilizante. Hay remedios para eso —le dice el sargento.

—Proceda —ordena el subalterno.

Todos miran hacía el *passatge* Adalid. Al instante se echan hacia atrás.

—¡Ahí llega! —grita el subalterno.

Era un perro.

Indolente, cruza la calle con el semáforo en rojo. Se oye un frenazo. Como si la ciudad fuera para él llega hasta la cabina de la ONCE, gira a la izquierda en busca del castaño de indias, huele, escarba. Algo le alerta. Levanta la cabeza, encoge las patas, muestra los dientes y, sin perder de vista la ventana en la que se perfila el subalterno lanza un ladrido sostenido que recuerda el aullido de un lobo. Luego, apoya la pata derecha y, plácidamente, vacía la vejiga de forma intermitente. Es la señal. Ha marcado el territorio. Al instante llegan otros perros, vienen de Vía Layetana, de las calles que rodean la delegación, y más allá, donde la ciudad se pierde.

Por las pintas se diría que se han soltado de sus dueños, aunque otros son de por aquí, los más flacos, descuideros ocasionales para los que la calle es vida... Ya son veinte y un caniche delante del edificio. El policía de guardia cierra el portón y observa por la mirilla, mientras acaricia la funda de la pistola. Unos mean, otros ladran, se huelen... Todos rodean al perro de raza husky, cuyos ladridos contagian a los demás. El concierto dura quince minutos. Los del coche salen con la caja. La misión para la que se han conjurado es coger al husky. Bloquean el *passatge*. El de las gafas oscuras se acerca al perro, exhibe un hueso en una mano y en la otra un lazo y una sonrisa que es catástrofe. ¡Bonito, bonito...! dice al tiempo que palmea el pantalón tejano. El perro mira el hueso y al hombre. Se olvida del hueso. Corre, y con un salto increíble cruza la verja, que es de altura considerable.

Es, recuerdo, un husky, digno compañero de la tribu de los chukchis, los altivos señores de la Siberia profunda. Y un husky, eso lo saben las nieves y el viento, nunca olvida a su dueño.

Lo que algunos calificaron de anécdota, pronto se convirtió en escándalo. Y eso que el responsable de prensa sobornó a tres periodistas orgánicos con el argumento de que el subalterno era protector asociado de la Fundación de Animales Desamparados. El fotomontaje de su jefe en el que exhibe un lazo corredizo delante de una manada de perros con el texto A por ellos se consideró desacertado. Al segundo día el agente de seguridad llamó a la Policía Municipal que constató *in situ* la veracidad de un hecho insólito para el que no tenía una explicación convincente. No sabemos si la policía disolvió a los perros, o fueron éstos los que obligaron a los agentes a marcharse.

Dos días después se repitió la escena, pero esta vez los agentes llegaron en compañía de Joe McThomson, ilustrado animalista canadiense, asesor del Departamento canino del Ayuntamiento de Barcelona. Thomson era autor del libro *El aullido interminable*, cuyas 450 páginas concitaron un encendido debate sobre la inteligencia del perro que convirtió en aluminosis la estructura del convencionalismo académico en esta materia. El autor proclamaba la teoría de *El perro en el túnel del tiempo*, una tesis experimental en la que defendía la trascendencia hereditaria de este animal y su comportamiento social.

Thomson, venerable anciano de barba poblada, con pinta de despistado, pero propenso a la reflexión, estudió en los días que siguieron el comportamiento de los canes, y especialmente la actitud del husky, por el que se sintió atraído, y del que dijo, era un perro prodigio. No permitió su captura, pues hubiera entorpecido, dijo, el desarrollo de la investigación. Dos cámaras fijas filmaron sus movimientos, otra le siguió en un coche allí donde fuere. Tres días después se amplió el dispositivo. Las cámaras de vídeo registran los movimientos de husky cruzando el *passatge* Adalid, después se entretiene en la puerta de un veterinario, en el l'Eixample, toma Ronda de Sant Pere (un coche de la policía le sigue, pero rápidamente es alertado) y en el *passatge* de Pujades, delante de un estirado jardín, se entretuvo con un hombre de edad avanzada, de generoso abdomen, de aspecto campechano y sonrisa fácil. La filmación acredita que el hombre reprende el animal, y que éste baja la cabeza. Después juega con él; le da una golosina, más tarde le coloca un cinto y se dirige a la calle Buenaventura Muñoz. En el número 62 bis (en la casa en cuyo balcón presume una estelada) entran los dos.

Tras descartar que la Delegación española fuera en la antigüedad una perrería (tal como sugerían algunos testimonios contaminados), el equipo de investigación centró su esfuerzo en seguir al husky, aunque resultó inevitable que apareciera en las filmaciones su propietario. Un mes después, Joe McThomson concluyó su informe de 149 páginas, que entregó a la alcaldesa de Barcelona, con copia a la Delegación española. El informe se prodiga en recursos gráficos del husky y de las personas con las que se relaciona, así como el pedigrí, los hábitos, la genealogía, el hábitat, la alimentación y un largo etcétera. El texto se implementa con un informe psicológico del perro que, a petición de la Dirección General de la Policía redactó el Gabinete de Psicólogos Conductistas de Barcelona para el Reino Animal (GPCBRA).

El trabajo de Thomson resultó incuestionable. No sólo por la abundante bibliografía que acredita, sino por las fuentes consultadas que eran diligentemente contrastadas con sus contrarias, y éstas a su vez enriquecidas con testimonios inapelables. Y, aunque sea una cuestión menor, hay que agradecerle a Thomson el valor narrativo y cronológico del informe, tan apegado y versátil que recuerda los mejores tiempos del reportaje periodístico. Y sin más dilación concluyo loando el esfuerzo inconmensurable del canadiense al presentar a la comunidad científica su trabajo *Aeterno tempore canis* con el la que colma la exigencia de su patrocinador, el Ayuntamiento de Barcelona.

Así empieza su trabajo. Paso por alto los prolegómenos.

"Joan Vila Martorell, propietario del perro husky, vive, efectivamente, en el lugar que detallo al margen, fácilmente identificable por la gran estelada que pende de su balcón cuya estrella se distrae con el lazo amarillo de seda que las palomas (sensibles al simbolismo) han respetado. Este hombre que almacena cincuenta y cinco años nació en Os de Civís, un pueblo en miniatura que conserva sus esencias en un lugar secreto de los Pirineos, al que se llega por caminos admirables que no estoy autorizado a revelar. Aquí se dedicó al trabajo epistolar de las ovejas, y en ese oficio perduró hasta que el resplandor lumínico de la ciudad lo encandiló. Un año antes de esa notable decisión, fue nombrado —a su pesar— secretario del Concurso Anual de Perros Pastores, cuya mayor atracción va dirigida a satisfacer el lado oscuro y egocéntrico del *gos d'atura*, frente al *pastor vasco*, y al *border francés*, los grandes protagonistas de un encuentro con regusto medieval (las ovejas, como siempre, las teloneras sumisas de esta historia predecible). La placa con el nombre de Joan Vila Martorell y un cascabel de plata para su perro *Maco* (Guapo), un *gos d'atura* de seis años, fue lo que congregó el vencedor del concurso.

"Una semana después, el pastor caviló que, si la ciudad era un enigma para él, más lo sería para su perro, acostumbrado a los abetos, los valles, los rebaños, y el agua fresca de los arroyos por lo que decidió que Maco debía quedarse en las montañas y servir a otros pastores. Viajó hasta la casa de Ethan Alpedrete, un pastor venerado del Rosselló, amigo de Martorell, que amontonaba su tristeza por la pérdida de su perro, y le regaló el suyo, conteniendo las lágrimas. Al regresar del Rosselló se produjo uno de los puntos álgidos de esta historia. En la puerta de su casa, sentado como si tal cosa, un perro (blanco, no muy alto, de notables ojos azules, con cara de niño que no paraba de mover el rabo, lo aguardaba). Martorell le tocó la cabeza y el otro comprendió que aquella mano amiga, aquella puerta de roble, agrietada y rancia, era la misma que había visto en sus sueños. *Husky* (esta es la raza de la que toma el nombre propio) fue un extranjero del que nadie acreditaba razón, salvó que venía del Ártico, la parte más rigurosa de Siberia, donde la noche y el hielo se abrazan.

"—Como viene del frío y de tan lejos, ha elegido la montaña, porque algo le recuerda —dijo el alcalde, con la intención de favorecer la bienvenida.

"Eso fue en marzo de 2011, el mes de los idus.

"Seis años después —prosigue el Informe Thomson—, el 1 de octubre de 2017, el hombre y el perro aparecen en un vídeo en la edición digital del *New York Times* que, doce horas más tarde, obtiene seis millones de entradas. A las 10.30 del día siguiente algunas de esas imágenes las emiten en horario *prime time* las cadenas de televisión de todo el mundo. La secuencia gráfica de ese vídeo describe una escena en cuatro actos informativos (ítems). 1. Se ve a un hombre entre una multitud, frente a la esplanada de un colegio (viste pantalón ajado, camiseta marrón claro que apenas le cubre la barriga, y calza, sin calcetines, unas zapatillas de esas que venden los chinos). 2. El hombre, al que le sigue un perro, levanta un trozo de papel blanco. (Algo tendría ese papel, pues con él en la mano lo agita con alegría, mientras ríe y bromea con otros que hacen lo mismo). 3. Un policía le golpea, y cuando va a caer, lo golpea de nuevo. Finalmente se desploma. 4. En lo que parece un vago instinto de pudor, la víctima intenta taparse la barriga y el torso con la camiseta, mientras que, con el puño de la otra aprieta el papel como si fuera un tesoro. 5. Un perro (al parecer un husky siberiano) llega hasta él, llora (o eso parece), bordea al cuerpo una y otra vez, hasta que el hombre le pasa la mano por encima y lo atrae hacia su pecho."

"Estamos ante un perro explorador que, por alguna razón de carácter antropológico —razona el informe—, busca a sus ancestros en un mundo hostil al que le declara la guerra con la exhibición de sus portentosos colmillos, colmillos que desde "tiempos de las castañas" (Thomson se refiere, probablemente, a los "tiempos de María Castaña") constituye el arma oculta, pero letal de este can, que siendo por lo general pacífico y hasta juguetón, padece reacciones imprevisibles. El lugar elegido para esta batalla simbólica, en la que el animal y el hombre se enfrentan en un contexto de espacio-tiempo-motivación (ETM), coincide, en este caso, con el epicentro marcado con sus meadas: la Delegación española en Cataluña."

La pregunta que agotó una parte considerable del presupuesto de Thomson fue ¿por qué precisamente aquí? La respuesta llegó tan documentada que resultó del todo irrebatible.

"El carbono 14 de un husky atrapado en un glaciar de los Urales —prosigue Thomson— y las notas historiográficas de la ilustre profesora oceanógrafa Tatiana Popov, halladas en el Instituto Paleontológico Gagarin de la noble ciudad de Kizil (frontera con Mongolia), revelan un dato esclarecedor que el isótopo sitúa en una horquilla que oscila entre 1938 a 1947. La señora Popov ha puesto nombre a esa datación, y con el nombre una categoría: Ió- siv Stalin (la sola mención del sucesor de Lenin provocó un duro debate entre algunos estalinistas de mi equipo y otros que profesaban el trotskismo, a los que tuve que imponer mi autoridad para prevenir un conflicto mayor).

"En efecto, el dictador decretó, en febrero de 1946, el deshielo de la zona colindante con el océano Glacial Ártico al objeto de proceder a la prospección de ingentes bolsas de petróleo localizadas en la profundidad insondable de este territorio (Stalin dijo a su favor que era la zona menos iluminada de Siberia). Las primeras detonaciones provocaron que la raza husky estuviese a punto de perecer, ya que este perro tiene muy desarrollada la membrana timpánica (el alcance auditivo medio del husky se sitúa en una horquilla de entre 80.000 y 100.000 Hz frente a los valores normales no superan en ningún caso los 50.000 Hz), y que buscase protección en otros países, por alejados que fuesen. El Pirineo catalán fue uno de ellos. Así, el lugar elegido por nuestro husky podría estar relacionado por el principio de acción-represión-acción (ARA), que, en la memoria prodigiosa de esta saga canina ha prevalecido en el tiempo. Esto es más que verosímil, dado que, por aquellas fechas cientos de perros, millares de focas y un ingente ejército de pingüinos se enfrentaron al poderoso *sóviet* de Kazajistán, cuyas mesnadas habían llegado al puerto de Irkutsk a bordo del navío Balalaica con el propósito de sofocar la Insurrección del Uno de Octubre como se le llamó popularmente a este conflicto, por coincidir en un mes tan agraciado. Diez mil sicarios a sueldo cumplieron la peor de las órdenes recibidas. En las pruebas de estímulo-negación (EN), pudimos comprobar que la palabra *octubre* provocaba en el husky una reacción colérica, imposible de neutralizar con un hueso y menos con palabras baldías."

"Algunos elementos asociados a esa actitud podrían explicar con fidelidad el pasado y presente de los hechos descritos en las páginas anteriores. Enumeraré los obvios por este orden: Sabido es que los perros usan diferentes tipos de memoria para diferentes propósitos, y que esta memoria transitiva interrelaciona el pasado y presente, cuando se produce lo que los científicos llamamos cortocircuito, que no es más que un determinado impacto en un determinado momento. Como bien expuso en su obra *El colmillo de la historia*, el renombrado científico siberiano Mijáil Petrof, los huskies desarrollan un sistema de conexiones neuronales que se activan en la cadena temporal uniendo el pasado y presente en momentos concretos de fuerte emotividad. Petrof llama a estos episodios vértigo subyacente. Por lo tanto, suscribiendo la teoría del científico ruso, es común que estos perros cultiven una semiótica cognitiva superior a la de los humanos, en lo concerniente a la actitud, al gesto y en general la transmisión de lo simbólico.

"Esas cualidades (en especial la gestual) —prosigue Thomson— estuvieron presentes en Cataluña en la jornada del 1 de octubre del año en curso, y es probable que el cerebro de Husky asociara en el presente lo ocurrido en el pasado (adjunto informe sobre la teoría del efecto retorno del que fuera mi discípulo Ernest Vilaseñor). Y dado que los perros en general no pueden establecer, al contrario de los humanos, las secuencias lógicas de un hecho, sino el impacto que provocan y la emoción que suscita en la víctima, esa regresión estaría en la base de la conducta del husky. La información recogida por mi equipo desplazado a la capital de Siberia establece un paralelismo (sino prodigioso, al menos insólito) entre la actuación despiadada de los soldados de Kazajistán, y la dureza de los agentes que llegaron del Reino de España a impedir el referéndum del uno de octubre. Otras coincidencias concurren entre ambas guarniciones. Los uniformes de unos y otros son de distinto material, pero sometidos ambos al rigor del laboratorio, resulta que ambos despiden una sustancia arbitraria, la *matus tempestas*. Fueron precisamente estas secreciones, asociadas al tiempo las que condujeron a los perros al lugar de los hechos."

JOE MCTHOMSON.
Barcelona, enero de 2018.

El Piolín a la hora del crepúsculo

C omo cada jueves a la hora prevista, casi rozando el crepúsculo, los dos amigos —los dos viejos amigos Andreu y Ramonet— se encontraron en el bar La Cooperativa de la Barceloneta para ir a pescar al Racó del Vent en el puerto de Barcelona. Era el día 3 de octubre de 2017. Con la excepción de la barretina de Andreu, y la gorra de cuero con una estrella roja de seis puntas de Ramonet, la imagen de los dos hombres era como la de la mayoría de los pescadores que se citan en este bar, entregados como ahora lo estaban, a enrevesadas discusiones sobre la particularidad de los cebos, la extensión del sedal y cosas por el estilo. Siguiendo con la rutina de años, Felip, el propietario del bar, les preparó tres bocadillos —uno de croquetas de bacalao para Matías, el vigilante de la Torre del Rellotge (la antigua Lonja del Moll de Pescadors)—, y sin mediar palabra los metió en una cesta junto con media botella de vino, y unas servilletas en las que iban unos palillos para los dientes y un termo con café.

—Apa, nois! —exclamó Felip, pasando un trapo sobre la barra—. Buena pesca, aunque os aconsejo que no os metáis en la noche si no queréis zozobrar. Hay marejadilla en todos los sentidos. La gente no para de protestar por lo del Piolín.

Los demás asintieron, no porque temieran los pronósticos de Felip, sino porque, con algo de envidia, sabían el lugar exacto en el que los dos hombres pescaban habitualmente, un lugar que el vigilante de la Torre del Rellotge reservaba a sus dos amigos; privilegio que generó algún que otro conflicto menor con algunos pescadores. El Racó del Vent, a unos ciento cincuenta metros del amarre principal de los barcos, tenía unos escondrijos de difícil acceso y acceder a ellos no era tarea fácil, no sólo porque estaba prohibido por la Autoridad Portuaria, sino porque el lugar es peligroso por el oleaje y los grandes pilones de hormigón que, sin embargo, a Andreu y Ramonet parecía no importarles. Allí, en aquel pequeño recodo se pescaban las mejores lubinas del puerto. Todo el mundo lo sabía, es verdad, pero acceder al lugar era cuestión de unos pocos.

—Te toca a ti —dijo Andreu, subiéndose la cesta de mimbre hasta el hombro, de forma indolente.

Ramonet farfulló algo entre dientes, se llevó la mano al bolsillo y saco dos billetes, uno de diez y otro de cinco.

Ambos habían sido marineros, el primero en el ferry de la compañía Transmediterránea, el que hacía la travesía Barcelona-Mahón, y el otro en Las Golondrinas, la empresa comercial que fletaba las embarcaciones recreativas del puerto. Allí se conocieron, hacía de eso tantos años que bien podían dar testimonio de ello los restos del ancla gigante de La Aurora, el barco que embarrancó allí en el invierno de 1969, cuando el Racó del Vent era parte del litoral, entonces mirador natural del puerto. Si el ancla seguía allí, cubierta de algas y herrumbre, era porque esa espada gigante clavada en los espigones constituía —a decir de la Autoridad Portuaria— una alegoría entre el pasado y presente de la marina mercante.

Ahora, sin decir palabra, sumidos en una liturgia individual donde imperaba el silencio hicieron lo de siempre: dejaron el bocadillo en la cabina de control de la Torre del Rellotge, y alcanzaron el Racó del Vent. Allí cada uno montó el carrete en la caña, las cimbrearon contra el viento, y las sujetaron en las rocas, en el mismo lugar de siempre. Andreu sacó un anzuelo de un pequeño estuche de plástico, y el otro un bote de vidrio donde los gusanos se agitaban en el interior como si temieran el pinchazo letal del anzuelo.

—Un día prueba con el anguilón… —dijo Andreu—. Verás la diferencia.

—Lo hice hace años —respondió el amigo, sin apenas mirarlo—, pero no me convence; ni a las lubinas tampoco, y yo a mis chicas les doy lo mejor. Nada de plástico. El plástico es la perdición de la humanidad.

Andreu estuvo a punto de sonreír. Si entraba en la cuestión, hubiera significado empezar la jornada con mal pie. Tiraron el hilo. Lo hicieron con fuerza, ritmo y, hasta con estilo, como si los dos hombres sincronizaran un movimiento de ballet en la orilla de un mar verdoso que les lamía los pies.

Luego, sin decir palabra, se sentaron en las mismas rocas que ellos habían convertido en tribuna, como si no se conocieran: Ramonet silbando *La Internacional* y el otro tarareando *El meu avi*, la habanera de siempre. Llevaban dos horas en silencio, roto sólo por la alegría de tres lubinas, de desigual tamaño, que Ramonet había pescado, y que Andreu miraba de reojo mientras que, con disimulo orientaba el sedal de derecha a izquierda, el lugar donde pescaba el otro. Durante este tiempo sólo se observaban, como si la ceremonia de pesca consistiera en respetar un pacto de silencio desde tiempos inmemoriales. De vez en cuando remontaban la vista por encima de la Torre del Rellotge para susurrar algún que otro improperio dedicado al entramado de cables y hierros que conformaba el teleférico. La tarde había dado paso a la penumbra, y aunque la luz resultaba suficiente, algunos veleros plegaban velas acercándose lentamente al Puerto. Algo le llamaría la atención a Ramonet, porque de pronto miró al barco que había fletado el Ministerio de Interior español para albergar a los centenares de policías, que dos días antes, el 1 de octubre, se empeñaron en cargar contra los que iban a votar la consulta sobre la independencia de Cataluña. Ramonet alertó a su compañero que en ese momento cambiaba el anzuelo por otro más largo.

—Andreu —dijo haciendo una visera con la mano—, yo diría que algo ha caído del Piolín.

Andreu observó en la lontananza lo que parecía un objeto flotante.

—*Doncs*, sí, es verdad, allá, por el este. —Soltó más hilo del carrete—. Lo peor es que la fuerza del agua lo traerá a la dársena, que ya bastante sucia está.

—*No ho crec* —negó Ramonet—; las olas siguen creciendo por sotavento. —Humedeció el dedo índice en los labios, y lo elevó por encima de su cabeza—. Yo diría que el viento sopla entre cinco y seis nudos; eso quiere decir que, lo que sea, se alejará de nosotros a una velocidad de doscientos metros por minuto.

—¿Seis nudos, dices? No estoy seguro... Por cierto —atajó Andreu—, estos anzuelos Flotans, sintéticos, que me recomendaste para el bonito iba con mala intención, ¿no?

El otro no se dio por enterado.

Por las sombras, por el chirrido también, las grúas del puerto, en el filo del embarcadero parecían gigantes dispuestos a librar una guerra de otros mundos. A sus espaldas, los tinglados abrían su boca al mar como si esperaran los barcos ausentes. De vez en cuando llegaban hasta el Racó del Vent los sonidos de las bocinas de los coches mezclados con el griterío de la gente, como si emergieran del fondo de una pecera. Más al interior, la escasa luz de las farolas iluminaba vagamente los contenedores, soltando destellos, segundos antes de convertirse en enormes cajas de colores. Ramonet miró a los lejos. Lo hizo casi con los ojos cerrados.

—¡Se mueve! —dijo.

—*Vols dir?* —respondió Andreu, con escepticismo—. Por cierto —añadió—, he comprado en Amazon un estuche con veinticinco cebos artificiales de la marca Dudule. Hay uno nuevo, el Triotonic, que está dando muy buen resultado. Voy a…

No pudo continuar. Hasta ellos llegó una voz que parecía venir de muy lejos:

"¡Socorro! —Y luego, como si lo segundo fuera inevitable—: ¡Hombre al agua!"

Ramonet sufrió un estirón que a punto estuvo de arrojarlo al agua. Con más pasmo que curiosidad, miró en derredor, sujetó la caña con una mano, extendió la otra hacía el norte, y, tras recomponerse, le dijo a su amigo que se había quedado como una esfinge mirando el horizonte.

—¡Hostia, *nen* —gritó—, una gaviota!

—Si, hay muchas —confirmó Andreu, con indiferencia—. Ya lo sabemos: si la mar se mueve aparecen esos bichos por todas partes. —Liberó más hilo del carrete—. Los fenicios las llamaban ratas del mar. —Lo miró de reojo—. Por cierto, veo que has cambiado el hilo. Vaya, ¡qué callado te lo tenías!

—Pues sí. Un hilo de náilon de 0,30 es más adecuado para la pesca de la lubina. —Hizo un gesto con la cabeza hacia la cesta de su compañero—. Y que conste que no quiero ofender a nadie. El 0,30 aguanta catorce kilos. Aunque, bien pensado, con uno de 0,25 hubiera sido más que suficiente... —Se tocó la gorra, como si ese gesto anticipara un giro en la conversación—. Volviendo a los cebos. El otro día leí un reportaje en internet, en el que un científico canadiense ha promocionado un producto natural, el Fish XXL, una enzima que atrae a los peces, mucho más que el Titis bibi... —Tomó aire—. ¡Es la hostia, *nen*! Se la echas al cebo, y los peces acuden por todas partes como las ratas con el flautista de... de...

—Hamelín —le aclaró Andreu.

—... Ése, sí. A lo mejor te convendría comprar el cebo Fish XXL. Es lo que te quería decir.

—*Vols dir?* —se preguntó Andreu, que tenía por norma utilizar esta expresión dubitativa con su amigo.

De nuevo la voz se interpuso entre ellos. Esta vez sonó desgarrada y débil. En efecto, a ciento cincuenta metros del Racó del Vent alguien luchaba contra las olas en medio de un atronador silencio. El mar, ya se sabe, es tan hermoso como cruel.

Una bandada de grullas volaba en formación por encima del Puerto de Barcelona. No era frecuente que en otoño las grullas emigraran, por lo que Andreu miró la uve que formaban todas ellas, hasta que fueron unos puntos en el horizonte. Andreu se metió el dedo índice en el oído y escarbó por allí.

—Pues yo —dijo Andreu— estoy más predispuesto a utilizar el cebo de microfibra de protección ambiental, que, además, está avalado por Greenpeace. ¿Has oído hablar de la microfibra? —El otro elevó los hombros hasta las orejas—. Supongo que no, tú, todo lo que no sean gusanos repugnantes, no te interesa, ¿verdad?

(Como se trataba de un monólogo, Andreu no esperó respuesta.)

Se había despertado el viento, y las olas crecían por momentos. De nuevo se oyó el grito desesperado de aquel hombre a merced de las olas y a punto de ser devorado por el capricho inescrutable del mar.

"¡Una cueeeerda! ¡Por el amor de Dioooooos!"

Los ojos de Ramonet se distrajeron en un punto inconcreto del cielo.

—¡Mira, Andreu, otra gaviota!

Andreu echó la vista al lugar que le señalaba su amigo; durante unos largos segundos escudriñó el ave.

—Sí —confirmó—, es la gaviota sombría de patas amarillas. —Arrugó la nariz y agudizó de nuevo la vista para agudizar su memoria—. La *Larus fuscus*. Es raro que vuele tan bajo y lo haga haciendo círculos. Debe estar desorientada. ¡Pobreta!

—¡La *Larus fuscus*! —gritó Ramonet sin dejar de reír—. ¡Eres más cursi que una sardina con paraguas!

Se quedaron un rato en silencio.

—Volviendo a los gusanos —recapituló Ramonet—, la verdad es que no entiendo que alguien pueda comprarlos por internet. Tú dirás lo que quieras, pero no hay nada como la lombriz roja de California. Seguro que los de Amazon se han hecho millonarios a base de vender gusanos impostores por correspondencia —escupió un salivazo—. ¡Hay que joderse! Si lo miras bien, el capitalismo es como un catálogo de gusanos a todo color.

—Ahí, echa, echa, ya sale tu vena trotskista. —Se echó a reír Andreu—. Eso explica que *de tant en tant,* digas *piolet* en vez de Piolín.

—Si lo miras bien, es lo mismo —dijo Ramonet, con semblante serio, como si quisiera poner un punto y aparte en la conversación.

Y dicho esto, soltó la caña, que volvió a sujetar contra dos piedras gruesas.

Los dos hombres mantenían sus diferencias con deportividad, sin importarles demasiado los despropósitos del uno hacia el otro, y menos cuando hablaban de política. El sueño republicano los unía, aunque no tanto como la pesca. Es verdad que Ramonet había militado en la Universidad en un partido trotskista, la LCR (Liga Comunista Revolucionaria), cuando juraba ante el póster del Che que al sistema se le podía vencer de una pedrada en la frente. Para certificar ese juramento conservaba una foto que el tiempo había convertido en reliquia, en la que se veía con otros camaradas de la célula el día que ocuparon el Rectorado de la Universidad Autónoma de Barcelona, en 1976, en protesta por el aumento de las tasas universitarias. Ésa fue su guerra, y a ella acudía como si fuera una patente de corso cuando discutía con sus vecinos de Urquinaona —donde vivía— su legitimidad revolucionaria. Contrariamente, Andreu era más comedido, y, con la excepción de la barretina —que se ponía en contadas ocasiones— su aspecto era el de un hombre convencional —como le gustaba definirse—. Tenía en su haber tres compromisos: atender a sus nietos, satisfacer la cuota del Ateneu barcelonés y asistir a las asambleas de Òmnium Cultural, donde participaba en la gestión de recursos desde hacía cinco años. En ese orden. Y si las diferencias eran notables entre los dos amigos, más lo era el aspecto físico. Andreu era alto, huesudo, de porte elegante, mientras que Ramonet parecía un viejo lobo de mar, emparentado con esa imagen bucólica de marinero curtido, de barba blanca, estropajosa y mirada ensimismada. Cuando se desprendía de la gorra de cuero, su cabello formaba una orla alrededor de la cabeza como la de esos frailes antiguos de convento.

—Tengo hambre —le dijo Ramonet a su amigo—. ¿Qué te parece si nos comemos el bocata? Porque, vaya, tal como está el patio, lo mejor es izar velas.

No hizo falta insistir sobre el asunto, porque en ese preciso momento Andreu fijaba la caña en la intersección de dos bloques graníticos. Luego, abrió la cesta de mimbre y desnudaron los bocadillos, quitándole el papel de plata, que, cuidadosamente, doblaron por la mitad, y de la mitad volvieron a hacer un cuarto antes de meterlo en la cesta.

Devoraron los bocadillos, que acompañaron con dos vasos de vino del Penedés. Al rato, Andreu destapó el termo, y escanció el café en las tazas.

—¿Azúcar? —preguntó.

De pronto el Piolín se iluminó. Las luces de la cubierta relampagueaban, y los altavoces gritaron "¡Hombre al agua!". Grandes focos de luz relampaguearon sobre el mar. Desde cubierta fletaron dos barcas neumáticas, que se mecían en el mar como la hamaca viciosa de una vieja rebelde. El mar se llenó de gritos.

—¿Dos terrones? —dijo Ramonet mostrándole la taza de café a su amigo.

—Sí —dijo el otro.

Luego, arrebujados en el espigón, Ramonet sacó de la cesta una bolsa de tabaco y una pipa. En silencio sujetaba la cazoleta con una mano, y con la otra apretujaba la picadura contra el hornillo. Echó la vista al mar. Vio cómo los botes regresaban al Piolín con la indolencia de un cortejo fúnebre, mientras las lanchas de la Policía Marítima se adentraban mar adentro. Dos helicópteros revoloteaban de un lado a otro arrojando chorros de luz que las olas devoraban al instante. Las sirenas del barco no cesaban de rugir. Ramonet se desprendió de la gorra en señal de respeto.

Al rato, Andreu cogió de nuevo la botella del Penedés y dos vasos de plástico.

—*Una mica més?* —le preguntó a su amigo.

—Echa —dijo el otro.

Ladridos de perros en domingo

El cabo de la Guardia Civil Ramón Plasencia acaba de cuadrarse ante el capitán de la unidad, suelta un severo taconazo y sale de la Comandancia, en el número 3 de la avenida Soria de Valladolid, con una evidente alegría que florece en su rostro y en sus gestos. Ya lo ha resuelto todo. Ya conoce de la inequívoca voz de su jeje el motivo que lo ha traído al despacho que acaba de abandonar. Tres veces ha tocado a la puerta de ese despacho en los dos últimos años, bien lo sabe Dios. La primera para recoger el galón de cabo de su unidad Plus Ultra; la segunda cuando estuvo a punto de perderlo por incorporarse dos días más tarde de un permiso reglamentario y ahora, para ser informado de que dispone de tres días para ultimar el viaje a Barcelona, donde él y cincuenta y ocho agentes de su unidad Huracán-2 deberán trasladarse en cumplimiento de la orden del Ministerio del Interior. Y aunque el capitán no le informa de los pormenores de la misión, él sabe que el viaje está relacionado con el referéndum de Cataluña. Sonríe. La campaña en Cataluña le ayudará en su propósito de alcanzar el grado de sargento que, desde hace años reclama.

Sobre las nueve de ese mismo día fue a buscar a su novia. Se plantó delante del número 97 de la calle Mariano de los Cobos, y no hizo falta que le ordenara al claxon los tres bocinazos de costumbre, porque ella ya lo esperaba en el portal. El coche subió por Porta Coeli, y tras un breve trayecto enfiló la calle del Puente Colgante (que se eleva sobre las aguas deshilachadas del Pisuerga), hasta llegar al cruce con el Paseo de Arco Piedra, donde dejaron el coche entre dos moreras blancas, el solar que servía de aparcamiento al restaurante Los Miserables.

El establecimiento tomaba el nombre de la novela más decisiva de Víctor Hugo, como bien acreditaba la imagen del escritor francés impresa en la carta de los vinos, en la que el rostro patriarcal del escritor, de barba blanca y revuelta, acentuaba el concepto de autenticidad del negocio. Pero, esto, siendo, como era, un alarde de marketing, el restaurante había concitado popularidad porque su propietario, Denis Meléndez, había mandado fabricar un reloj de cuco que regalaba la hora a los clientes inmediatamente después de que sonaran las primeras notas del himno de España. Este monumental prodigio contribuyó a que Los Miserables fuera un lugar encendidamente patriótico, frecuentado por militares en ejercicio y aquellos que querían llegar a serlo.

Pidieron lo de siempre: ensalada de garbanzos fríos con pepino y tomate, y de segundo, el plato que hacía honor a la casa: perdices asadas con salsa de jengibre. Naturalmente, Noelia podía elegir otro plato, incluso otro restaurante. Pero el picor suntuoso del jengibre, su aroma, el color marrón oscuro que le daba a la perdiz, abierta en canal, decapitada, con las patitas hacía arriba, tan crujiditas, hacían de ese plato algo especial... Casi erótico. ¿Vino? El de costumbre, un tinto de la Rueda, elaborado con uva verdejo, el licor animoso —rezaba la tradición vallisoletana— de los Reyes Católicos. Noelia culminó la cena con pastas del penitente, y él prefirió las rosquillas de San Bartolomé de las Casas, hechas con manteca de cabra, hojaldre y carne de ciruelas blancas.

Después llegó la copa de chinchón para Plasencia y el té de yerbabuena para Noelia.

—No tiene ni pizca de gracia que te vayas, y menos a Cataluña —dijo Noelia, doblegando la servilleta— ¿Y dices que pasado mañana?

Él se llevó la copa de chinchón a los labios.

—Sí, una vez en el puerto de Barcelona nos alojaremos en un buque italiano, el *Dada*... o algo así. En Cataluña hay una sublevación —y repitió— o algo así...

—¿Qué quiere decir "algo así"?

—¿Es qué no has visto las noticias? Es una insurrección a la chita callando. Los catalanes quieren independizarse de España, así, por la brava. —Anudó la servilleta con la intención de mostrar un repentino enfado a su novia—. Hay que estar ciega para no ver lo que está pasando en nuestro país. —Echó la cabeza hacia atrás, y apuró de golpe el chinchón que quedaba en la copa—. Se van a dar con un canto en los dientes, mira que te digo.

Como Plasencia la vio un poco compungida, le cogió la mano y mirándola a los ojos, la quiso tranquilar:

—Venga, venga, no te preocupes, mujer, no estaré en la primera línea de fuego —bromeó—. En la unidad buscaban un relator. —Le retiró la mano—. Esto me dará más lustre. Podré estar con los oficiales, y como el ascenso a sargento lo tengo bien encarrilado... pues mira que me viene que ni pintado.

—Relator, ¿tú?

—Sí; supongo que por lo de mi padre, ya sabes. Mi trabajo consistirá en escribir las incidencias que se puedan presentar en el barco, y enviarlo al Mando Central de Operaciones de Madrid.

—¿Un diario de a bordo? ¿Como en las películas?

—Más o menos.

El cabo Ramón Plasencia se incorporó a la Benemérita en el invierno de 2012, y aunque tuvo algún encontronazo con las pruebas psicotécnicas, superó con creces los ejercicios físicos con la nota más alta de su promoción en salto en la pared y carrera de fondo. Como te puedes imaginar era un hombre bien estructurado: alto, ancho de pecho, plano de vientre; su espalda huesuda formaba la simetría de una percha desde los hombros a la línea imaginaria de la cerviz. Y en cuanto a su padre, el coronel en la reserva, Ramón Plasencia Mejías, hay que decir que fue un versado oficial que alternó las tareas propias del orden público con el desempeño de las letras, pues, celebrada es su obra *La sonrisa del Caudillo* (Editorial Nueva España. Salamanca, 1951). Un áspero trabajo, que lamentablemente, el autor no quiso ampliar en una segunda edición propuesta con ahínco por la editorial. Le disuadieron dos consideraciones: la tarea de que era interminable y el convencimiento de que era inútil. Con todo, las incursiones literarias del coronel le prodigaron una gran popularidad en un estamento militar más dado a la rigidez de la acción que al capricho de la palabra. Y aunque su hijo le censurada a su progenitor la laxitud en lo principal, ni que decir que el cabo se benefició de las mismas.

Dos emails y varias fotografías por Instagram salieron de Cataluña con destino a Valladolid los días 24 y 29 de setiembre de

2017. En ellas el cabo Plasencia le informa a su novia lo extraño que le parecía estar en un barco que no se mueve, y en el que —ironiza—: Si algo de mar tiene, son los camarotes en los que estamos más apretujaos que las anchoas en una lata de conservas. Las fotos reproducían —sin acierto— dos selfies con los leones de la estatua de Colón. El hombre que presumía de montar sobre ellos era, naturalmente, el cabo Ramón Plasencia.

Hasta que llegó el día 1 de octubre.

Esta mañana dos historias se cruzaron en Barcelona. La primera la describe en su Informe 34-NCB (obsérvese que el acrónimo corresponde a Barcelona, aunque invertido) el cabo Ramón Plasencia García (placa número V-3653869750). Y, aunque el texto es una parte insustancial de un memorándum más amplió, lo que reproduzco a continuación lo distribuyó a sus abonados la agencia PYRE-PRESS, con fecha del 1 de octubre de 2017, con ruego de blindaje hasta las veinte horas de ese mismo día, circunstancia que se respetó como es norma en la profesión periodística. Dado que se trata de una filtración *de parte*, advierto al lector sobre el carácter restrictivo de la información que se supone parcial y acotada a aquellos aspectos tangenciales y de conveniencia para ser difundidos, y que ocultan una realidad informativa más amplia (y posiblemente incómoda) que intentaré ampliar *motu proprio* en las páginas que siguen.

La jornada comienza a la temprana hora de las siete de la mañana del día referenciado, y se abre de par en par con las palabras emergentes del capitán Lorenzo Torres Guzmán (placa A-76903593. En la nueva nomenclatura del Ministerio de Interior, la primera letra en caja alta indica que se trata de un oficial en activo) a los ochocientos agentes de la Guardia Civil. Tales palabras fueron dichas en la cubierta del navío *Moby Dada*, anclado (me resisto a decir *amarrado* o *atracado*) desde el día 21 de septiembre en el puerto de Barcelona. El relator de a bordo, describe en el parte de tropa de las siete y cuarenta y cinco minutos de ese día (santoral de Sant Bavón de Gante) remitido al Mando de Operaciones, como "un día de nubes plomizas que, envalentonadas, sugieren por Poniente algún que otro chaparrón". De forma extensa, aunque menor en la escala de importancia, Ramón Plasencia enumera las circunstancias que se agolparon en el estrecho margen de una hora, la que comprendía el levantamiento de la tropa hasta la arenga pronunciada por el alto mando del Cuerpo, lo que sucedió en el momento en el que la bandera española fue izada en el mástil mayor, que, "sin ser barco de guerra —aclara—, lo era para la historia de España". Así, en la página 2 del preámbulo "Contingencias" el susodicho parte acredita que "a pesar de la prontitud de los agentes en cumplir la orden de incorporarse, un hecho *in extremis* explica la demora, ya que los aludidos se vieron en la obligación perentoria de llamar a los responsables de la tripulación, y quejarse de los atascos de los excusados. Ya que no es lo mismo —razona el informe— el uso esporádico del mismo, de que ochocientos agentes evacúen sus necesidades al unísono, y más si estas necesidades son de orden mayor [...] A la magnanimidad con la que los agentes atienden los momentos aciagos como éste —prosigue el texto oficial—, hay que sumar la paciencia que demostraron los que esta mañana elevaron sus protestas a la naviera quejándose de que una cantidad considerable de bombillas relampaguearán y otra pernoctara en estado de fundido, lo que obligó a los agentes a encender sus mecheros o conectar las linternas reglamentarias. Refiero también en la presente —prosigue el cabo Plasencia—, que, a tenor de la oscuridad de la pronta hora, algunas de las prendas tendidas en los aledaños de los camarotes habían sido sustraídas subrepticiamente (las pesquisas apuntan a la tripulación de nacionalidad italiana, aunque siempre en grado de presunción), lo que obligó a los agentes a vestir la ropa interior de otros, y, dada la premura de la hora, a calzarse sin mirar el diestro del siniestro, pues esto, siendo de capital importancia, no lo es más que la razón primordial de la Patria". El informe reseña un desgraciado accidente relacionado con la salubridad del barco que, ha de reportar (y reporta) a sus superiores el diligente relator: "He de decir y digo que han divisado un número indeterminado de ratas correteando por los pasillos, entre las bolsas de basura y otros enseres. Esto puede ser posible a tenor de la proximidad del container destinado a los desechos que, situado a escasos metros del barco, representa un riesgo para la salud de los agentes. Me permito insistir en este punto, dado que estos roedores repulsivos que se nutren de inmundicias y de otras sustancias orgánicas indeseables, nos han acompañado desde el primer día en que llegamos". Y termina el párrafo con una oración elíptica: "Son como una maldición".

En la página 3 del informe 34-NCB (de la línea 11 a la 14), Ramón Plasencia relata que, a pesar de todas estas incidencias, "ello no ha socavado la moral de los agentes, que, a las siete en punto de la madrugada permanecían en cubierta, formados en fila de uno a la espera de las órdenes pertinentes". Incluso el cabo facilita información fundamental sobre el estado anímico de la tropa, circunstancia que podría ser relevante para la ciudadanía en general, y de forma singular para los que desean la independencia. Dice Plasencia que, "tras salvar las contra venencias [sic] de avituallamiento descritas con anterioridad, los agentes estaban prestos para implementar el cometido que el Mando tuviera a bien asignarles otras nuevas en tierras catalanas. Y que ese empeño no es otro que el deseo de intervenir, verbo intransitivo que ha cobrado fortuna entre los agentes, sustituido a veces con la forma imperativa "¡Que nos dejen actuar!" Grito de mansa admiración de quienes suplican la acción a la pasividad".

Sabemos —porque así lo ha confirmado PYRE-PRES, corroborado por otras fuentes, y autentificadas por muchas otras que prefieren la cautela del anonimato— que la arenga del capitán (en calidad de comandante jefe) fue infatigable y extensa. Nos consta que citó la celebrada frase de Mao Tse-Tung *"Colpirne uno per educarne cento"*. Que se refirió a los colores rojo y morado de la aurora boreal como un fenómeno en decadencia. Podemos acreditar que ensalzó a Ulises, a Simbad el Marino, y que comparó la Operación Anubis (nombre dado al operativo policial de Cataluña) con la guerra de Troya, que, como es común, fue narrada por Homero en la *Odisea*. Alarde comparativo comprensible por analogía, si tenemos en cuenta que los troyanos aplaudieron la llegada del imperio griego, y, aunque lo hicieron apretujados en la panza de un caballo de madera, bien podría compararse ese équido con las bodegas del barco que ocupaban las fuerzas policiales del Reino de España, pues apretados iban los unos y los otros. Diez mil, o más, bien podían conquistar la plaza de Catalonia. Y, aunque el texto del discurso del capitán Torres Guzmán no viera la luz en su totalidad, acreditamos que, enardecido por los aplausos, subió a una pequeña plataforma no prevista, junto al castillo de proa, y en posición de firme dictó un último exordio que fue breve, pero esencial para culminar su epílogo: "¡Viva la Constitución, viva España, viva el Rey!" "En este punto —subraya el informe— he de señalar y señalo que no es cierto que después de la sentida arenga del capitán Torres Guzmán se cantara "El novio de la muerte", como han recogido algunos medios de comunicación independentistas y de dudoso calado moral que no tienen la verdad por norte. Aunque, reseño, eso sí, que, dada la emotividad del momento fue del todo razonable que las fuerzas del orden allí presentes silbaran con asombrosa unanimidad *Los cañones de Navarone*."

Y sin otro particular, queda a su entera disposición, porque a sus órdenes ya lo está.

Ramón Fernández Plasencia. Cabo. Placa número V-3653869750
Huracán-2. Grupo de Acción Rápida de la Guardia Civil.
Barcelona, 1 de octubre de 2017.

Sabemos también que el cabo Plasencia metió sus cosas en un petate, dio un paso al frente, y en el filo del costado derecho de popa pasó lista de los que conformaban el dispositivo de intervención. En total ciento veinte hombres, todos adscritos a los Grupos de Acción Rápida (GAR), pertrechados con los equipos de protección personal, con las armas de disuasión reglamentarias, y algunos, por precaución, hasta con severos fusiles de asalto. La unidad estaba bajo las órdenes del teniente Carlos Rozas, oficial con gran experiencia en tumultos y algaradas, como bien acredita su hoja de servicio. Antes de romper filas, Rozas se ampara en la discreción y le entrega un sobre al cabo. Éste encuentra un mapa con el itinerario recomendado por la Unidad Cartográfica de la Guardia Civil (UCGC), con los puntos en rojo de las zonas susceptibles de confrontación, que, lógicamente, el GPS obviará. La misiva consignaba un nombre: Sant Joan de Vilatorrada, y al margen, en bastardilla, una aclaración: "*el pueblo del payaso*".

Y el de África Castells.

Ella ocupa la segunda parte de esta historia. El pueblo es también el hogar, es cierto, de un memorable payaso, Jordi Pessarrodona, en cuya nariz roja —dice la leyenda— reside el antídoto contra el miedo. Otros nombres habrá que añadir entre sus calles. Por ejemplo, y al azar, a la escritora romántica Dama N. Prayton, cuyo libro *El furor asiático* debería encender los ánimos de los que no saben qué hacer con las horas, o lustrarse con la mirada del tiempo de Toni Solanellas (*Sant Joan de Vilatorrada. Historia en imatges, 1880-1979.* Editorial Angle), eso es, en fijar rostros a la historia porque la historia sin rostros es como el firmamento sin estrellas.

El municipio atesora once mil almas procedentes de todos los rincones de España, que encontraron aquí, a tres kilómetros de Manresa, un refugio contra la polvareda sin caballo de los señoritos andaluces, y de los que llegaron al lugar empujándole al tren. Es, por lo tanto, Sant Joan de Vilatorrada, una villa poblada con todos los acentos, y sembrada con el sudor de muchas frentes. Antes de eso fue héroe anónimo contra la armada francesa (1800), comandada por el general bonapartista Guillaume Philibert Duhesme, recuerdo, que, ante la desproporcionada resistencia de los manresanos, y diezmado por las leyendas de montañas y tambores del Bruc, dictó con letras de guillotina: "Cualquier población, por pequeña que fuera, que se levantara contra Francia, será despojada de sus privilegios, y aquellos que derramaran sangre, quemados públicamente". Sant Joan de Vilatorrada se levantó. El francés cumplió su palabra, no porque fuera militar, sino despiadado. Entre el clamor y el humo, sus pobladores dejaron las viñas, los olivares, los molinos en la colina de Collbaix y los vapores rudimentarios de la incipiente industria textil en el torrente del Canigó, y le recordaron al francés las veces de la traición con Cataluña. El pueblo fue devastado. Ciento treinta años después Franco pasó a sangre y fuego por las calles del viejo Cardener, entonces el río de las lágrimas. ¿Qué más tenía que pasar?

África Castells abrió la ventana de su dormitorio, en el número 2 de la calle Girona, una vivienda modesta en un edifico de cuatro módulos, de color granate, construido delante de un descampado. Enfrente sobrevive una caseta eléctrica en cuya pared alguien ha escrito con grafía quinceañera: "Podrás cortar las flores, pero no podrás detener la primavera". A lo lejos, aunque tapada por una maraña de cañas y árboles, se adivina la autopista Barcelona-Manresa. Desde el ángulo de la ventana, hacia el este, todo da al campo abierto, animado por los acordes del río que en este tramo discurre canalizado a ambos lados del trayecto. África quiso vivir en el centro del pueblo, con vistas a las montañas de Montserrat, pero su amiga, Dolors Renau, de la agencia inmobiliaria *El sol del poble*, le informó que, las fincas aledañas a su vivienda estaban calificadas de zona verde. En fin, que estuviera tranquila, que allí no se podía construir nunca, lo que le garantizaba una espléndida vista hacía el bosque, al río, y a los graciosos caminos que concurren en esa zona limítrofe del pueblo. Vaya, que no se lo pensara dos veces...

La joven se preparó un café, unas tostadas y se sentó junto a una pequeña mesa en el balcón. Hasta ella llega el rumor del río. Del lateral izquierdo de su balcón pendía una estelada que el viento había maltratado. La mujer apretaba los nudos contra los barrotes en el mismo momento en que otros vecinos de la calle Girona hacían lo mismo. Después de una prolongada sonrisa se saludaron con el brazo. Quizás se verían más tarde en el instituto Quercus, o en la escuela Joncadella, las dos, sede electoral para el referéndum sobre la independencia de Cataluña.

El reloj de pared de la cocina de África indicaba las nueve y quince minutos de mañana.

En esa misma hora, y en los mismos minutos que le siguen, los ciento veinte agentes de la unidad V-32 del Grupo de Reacción Rápida con destino a Sant Joan de Vilatorrada acaban de desayunar. Sobre los manteles abunda el café, la leche, la mantequilla y las escasas raciones de mermelada. Una de ellas, de frambuesa (posiblemente), ha sucumbido en el suelo. El rastro se funde en el reguero que han dejado las botas en el linóleo. También prolifera el té, el cruasán, las madalenas, el zumo de naranja, y se amontonan en los platos las lonchas de un queso amarillento y las resbaladizas porciones de jamón dulce. Diez minutos después, a las nueve y veinticinco, el cabo Plasencia les dijo a los suyos que, antes de partir, y como es preceptivo, revisaran el equipo. Es lo que hicieron.

A las diez y cinco minutos, los agentes bajaron del barco, y subieron en las nuevas furgonetas Mercedes Sprinter 315 DCI, recién adquiridas por el director general Joan Mesquida, estacionadas en rigurosa batería en la esplanada del puerto. Los nuevos vehículos, de cuatro cilindros, seis velocidades y de 2.100 caballos de potencia, son más ligeros, con más protección frontal, más grandes y con más potencia que los vehículos anteriores. En el primer coche viajaban el teniente Rozas y el cabo Plasencia. Salieron del puerto, dejaron la Barceloneta a la derecha, y, a un paso de la torre Mapfre se adentraron en la Ronda de Dalt, y de ahí a la autopista C-16, en dirección Manresa. Setenta kilómetros los separaban del destino, cincuenta y cuatro minutos era el tiempo previsible.

África se miró al espejo que hacía las veces de paragüero, y la imagen que le devolvía el cristal se le antojó del todo satisfactoria. En los últimos meses había adelgazado tres kilos, y, aunque el listón lo había fijado en los ocho (o más), la verdad es que la relación propósito-tiempo había funcionado. A decir verdad, no es que estuviera gorda, el problema es que no había manera de quitarle de la cabeza que no lo estaba. Ella creyó que el trasiego de ir y venir a la sede de la Assemblea Nacional Catalana (ANC), en la calle Sant Nicolau de Barcelona, donde ejercía de voluntaria los fines de semana, había contribuido a sentirse mejor, más segura de sí misma, que es lo que pasa cuando alguien cree que ha vencido la crueldad de la báscula o le ha ganado a la tiranía del cigarro.

Sea como fuere, su trabajo de diseñadora gráfica en la Assemblea Nacional Catalana (ANC), había sido un reto, y ahora a tres años vistos, creía que su contribución a la independencia de Cataluña ya no era una idea remota, abstracta, indefinible, sino una posibilidad tangible... Antes de eso, África había indagado sobre el derecho de los pueblos cuando cursaba segundo de historia contemporánea en la Universidad de Barcelona. Lo hizo tras la lectura de los dos volúmenes de *El Estado innecesario* de Ádulus Junio Tetrarca (426-339 a.C.), uno de los discípulos denostados de Platón, cuyas obras —con la excepción de la referenciada— fueron sacrificadas en una de las ofrendas clandestinas al dios del fuego, Hefesto, en la ciudad insular de Sifnos. El pensador griego profetizaba (páginas 97-102 del primer tomo) que "los Estados serían los guardianes de sí mismos, creando el arbitrio de la fuerza y la ignorancia de la gente". Muchos siglos después Montesquieu dijo lo contrario con su "teoría de los compartimentos estancos". Reflexionó sobre esta dicotomía, que no era tal. Y con respecto a Hegel, decir, que dudaba de la sentencia de que "el Estado es la realidad de la idea". Una frase que, en el caso de España, le parecía rudimentaria. Salvo alguna bendecida suplencia nunca pudo ejercer de historiadora, pero se entretuvo con el diseño de un periódico local del Bages, *L'Impacte*, lo que la llevó más tarde a estudiar Gestión Integral del Diseño, luego se animó con los estudios de Productos Culturales Visuales y Espacios en la Escola Massana, y finalmente consiguió una beca de la Konrad Adenauer para estudiar los Procesos Tecnológicos Aplicados al Diseño de gran Escala en la Escuela de Oficios Artísticos de Milán. El factótum de esta aventura académica era el profesor Ferdinando Pellegrini, un artista cuya aportación más decisiva fue la de incorporar el diseño del *aeroplano* para las grandes citas multitudinarias. Las millonarias concentraciones de Cataluña diseñadas desde 2012 hasta 2017, las más importantes de Europa, explican el trabajo de África en el campo del dinamismo gráfico.

Para África el 1 de octubre significó el reencuentro con su país, una aventura que había comenzado hace siglos pero que concretaba en el rostro y las palabras de solemne gravedad de sus padres, Ariadna y Agustí, y de su hermano Albert, que, en el verano de 1992, fue detenido y acusado de pertenecer a la ya extinta Terra Lliure. Y, bien, como el 1-O "es un día especial, entero y limpio" —como había escrito en su chat refiriéndose a la jornada electoral—, África decidió ponerse algo distinto. Sacó del armario una falda estrecha de color beis, a juego con una camisa negra entallada, y se calzó unos zapatos de tacón, que finalmente los sustituyó por otros planos, pues calculó que, como voluntaria, debía estar junto a las urnas al menos seis horas, hasta las cuatro de la tarde. Delante del espejo se alborotó el pelo, se pasó las manos por la cintura, sacó pecho, y sonrió de lo guapa que estaba. Luego deslizó el lápiz rojo por los labios, y con él en la mano, se mordió los labios para que el color llegara hasta las comisuras. Iba a salir cuando, tras la ventana, notó un aire fresco que llegaba por el este, por Sant Fruitós de Bages, que es el lugar de las lluvias. Miró el cielo y vio las nubes de cola de ratón, presagio de tormenta. Cogió una gabardina gris, cerró la puerta, y cuando iba a entrar al ascensor advirtió que se había dejado el anillo, una salamandra de plata con unas gemas en el lugar de los ojos. Se lo había regalado ella misma después de regatear hasta la extenuación con el vendedor en el Gran Bazar de Estambul, en el verano de 2007. África, propicia a las leyendas, suscribía la superstición (al igual que los alquimistas de Esmirna) que este anfibio era resistente a la muerte y al fuego, y que tenía poderes de reproducción instantánea, incluso después de que le amputaran las patas o la cola. Ya en el portal de su casa, tomó la dirección que debía llevarla a la sede electoral, el instituto Quercus, a las afueras de Sant Joan de Vilatorrada. Se sorprendió que los perros ladraran este domingo como nunca lo habían hecho.

El cabo consultó su reloj: eran las diez y cuarenta minutos de la mañana. El GPS del vehículo le informó que faltaban 38 kilómetros y un tiempo aproximado de unos veinte minutos para llegar a Sant Joan de Vilatorrada. Se recostó en el asiento con la cabeza hacia atrás, y los ojos perdidos en el techo. Con un sonido chirriante, propio de las comunicaciones internas de la policía, las noticas informaban de aquello que ocurría en tiempo real en otras poblaciones, en las que los Grupos de Acción Rápida y otras unidades de la policía nacional, estaban interviniendo, "aunque con más lentitud de lo previsto". Los informantes hablaban de que se habían incautado un número indeterminado de *perros muertos* (urnas), y tal cantidad de *mariposas* (papeletas de voto), y que "se constataba una actitud hostil y una falta de colaboración de los catalanes con los cuerpos y fuerzas de seguridad del Estado, que son también las suyas". Las diez furgonetas de la comitiva policial habían dejado Terrassa, Viladecavalls y Vacarisses a la derecha de la marcha. De vez en cuando, algún conductor osado, lograba adelantar algunas de las furgonetas y se situaba en mitad de la comitiva, en ocasiones tocando el claxón o haciendo señales obscenas con el pulgar que, sin embargo, no concitó ninguna reacción de la Guardia Civil. Se podía decir que el trayecto de este primer domingo de octubre fue como un paseo por la Cataluña menos conocida, en la que las zonas industriales se alternan con los espacios verdes del Parc de Sant Llorenç del Munt l'Obac, y con pequeños núcleos urbanos, que crecieron en las laderas con las primeras inmigraciones de los años cincuenta. A la altura de Castellbell i el Vilar las montañas de Montserrat aparecieron de golpe, coronadas por anillos de nubes que se deshacían cuando el macizo regalaba a los viajeros la visión de sus ángulos soleados. En el furgón que abría la comitiva, el cabo Plasencia sacó el móvil de la guerrera, y tuvo tiempo para tomar dos fotografías, que de inmediato envió a su novia Noelia, de Valladolid, por WhatsApp. "Aquí es donde está la virgen negra" —escribió.

Desde el cruce de las calles Anna Frank con Girona, se puede ver el Instituto Quercus. África Castells no tiene excusa para demorarse en ese trayecto ya que, en sentido ascendente, antes de cruzar Sant Mateu, sólo hay solares enrejados, construcciones que prometen equipamientos y que se han quedado con el esqueleto del encofrado. Y pisos, muchos pisos, que esperan que alguien los ocupe. Para ser sinceros, la calle por la que camina en estos momentos África sólo es atractiva en su inicio, donde el agua y el bosque presumen de haberle ganado la partida al tiempo. En el cruce de Girona con Sant Isidre, un amigo del bar Anticrisis, le informa que la escuela Juncadella (de la que se dice que sus ventanas están abiertas por la noche para que pasen las lunas) había sufrido el peor garabato de sus pizarras. Refirió, entre el pasmo, el miedo y la fabulación, que agentes, altos, recios y acorazados, provistos de fusiles excluyentes y porras, se las vieron de pronto con la nariz roja del payaso del pueblo. Que aquellos y éste se quedaron frente a frente. Relata (ahora más sosegado), que un maestro animó a los agentes a compartir aula, garabatear en las pizarras o dibujar un barco en la copa de un árbol. Otro les habló —quizás para distraerlos— del tamaño de las mayúsculas y de las risas de los cocodrilos en el patio del colegio. "A otra cosa hemos venido —dijo el capitán, que añadió—: somos los de la Operación Anubis, así que dejen paso a la Guardia Civil, no opongan resistencia y disuélvanse". El payaso dijo no, y su nariz de esponja lo apoyó. La porra impaciente no esperó. Dos golpes secos encontraron la barriga del payaso Jordi Pessarrodona. El tercero lo doblegó. El cuarto le hizo llorar. Aunque, a decir de los niños ilustres, las lágrimas de los niños son canicas de colores.

Después de aquella gesta en el colegio Joncadella, la comitiva policial se incorpora al Eix Transversal, en busca del centro escolar IES-Quercus, que está, dijo el teniente, "a un tiro de piedra". Hay un vago optimismo en el ambiente. En la nueva expedición, las furgonetas declinan a la derecha, por la rotonda, y al llegar al Pont Gran, toman la calle Montcunill (a la izquierda discurre, merecidamente, la calle Montserrat Roig) que termina en la avenida de Montserrat. Enfrente, en el número 95, está el instituto que hoy presta sus instalaciones a la consulta. El colegio es un moderno edifico de ladrillo rojo; dispone de grandes ventanales que recuerdan el lugar del sol, y una puerta de doble hoja, ancha, y alta, en el que el cristal permite ver el interior como un libro abierto. A la derecha asoma el bosque y se anticipan los árboles; a la izquierda las montañas de Montserrat imponen su presencia, empeñadas en proteger al pueblo, como hacen las buenas vecinas.

La Guardia Civil se planta delante del restaurante Utopía en el momento que África alcanza las escaleras del instituto. La gente sube desde la plaza de los Derechos Humanos, y de la otra, su hermana, la de la Igualdad. Hay un rumor de escándalo en el pueblo, como de ladridos de perros en domingo. En vano, dos guardias civiles parlamentan con un grupo de activistas. Éstos niegan con la cabeza. Las urnas ni se tocan —gritan—. Varias decenas de agentes se suman a los primeros. Ya son cincuenta, aunque el temor y el miedo los multiplica.

—Tienen cinco minutos para entregar las urnas y las papeletas —dice el teniente Rozas

—Ninguna de las dos, señor oficial —le informan.

—Entonces procederemos —les culmina el cabo Plasencia.

Los más jóvenes cantan (o gritan) "¡No pasarán!", otros: "Las calles serán siempre nuestras". No hay trato. Y como no existe rendición sin renuncia, los vecinos, entrelazan sus brazos que es la forma primigenia de la resistencia, porque es la más cercana al corazón. Las primeras cargas buscan esos brazos encadenados, aunque los golpes llegan a la espalda, la cara, la cabeza (con cautela al principio, con fuerza después, con furia luego). Las porras extensiblles son látigos frenéticos que, como espadas buscan la cabeza, el vientre y más abajo, donde el dolor se arrincona. Los gritos llegan por todas partes, hay gente en el suelo. Se apoyan unos con otros, se protegen la cabeza. Al fin, los agentes se abren paso por la rampa que vence la desigualdad del suelo con la puerta del instituto. Uno de ellos eleva un hacha (o quizás un gran martillo) por encima de los demás. Hay algo bárbaro en esa escena. El hacha busca el cristal de la puerta, lo rompe. Entra el primero. Los demás lo hacen por la misma abertura, sorteando las hojas afiladas del cristal. África está detrás de una mesa flanqueada por una maceta de geranios blancos, una botella de agua y, en la parte posterior, pegado a la pared, la pintura de un niño que eleva una cometa con los colores del Barça, que ahora, así de pronto, parece el cuadro de un país que ha dejado de existir. Hasta ahí llega el cabo Plasencia en busca de las urnas. África protege la primera de la mesa como si ese cubículo fuera el Árbol de la Vida. Dos amigas le ayudan, pero al instante desisten por los golpes. Las fotos acreditan que África se aferra a la urna, reteniéndola, mientras el cabo no para de tirar para llevársela. Plasencia busca las manos de África en un intento de liberar la urna, lo hace con ahínco, con paciencia, dedo a dedo, torciéndolos, estirando de ellos. El empeño de la mujer es grande, pero la fuerza desigual. Luego el cabo empuja a la mujer, cae, y en el suelo recibe una patada. Una mano le ayuda a levantarse.

Dos agentes de paisano se llevan la urna.

Una hora después en el bar Armonía, África está sentada con un grupo de amigos. Todavía es visible el nerviosismo, la rabia, pero no la tristeza. Al rato se levanta, llama al camarero. Invita ella. Busca en su bolso la cartera. Es en ese momento cuando descubre que ha perdido el anillo de la salamandra que atesoraba su dedo medio.

En el asiento de la furgoneta policial, de regreso al barco, el cabo Plasencia juega con el anillo. Ve que no hay nombre ni fecha alguna. Cierto es que el guardia civil no pretendió nunca esa joya, y que su fatiga fue la de arrebatarle la urna a aquella mujer empeñada en lo contrario. La rigidez de los guantes de tex-flace, anticorte, impidieron en un primer momento que el cabo se percatara del anillo hasta que éste sonó en el suelo con el tintineo de una moneda. Tras cavilar un rato, dedujo que la propietaria no podía ser otra que aquella mujer, de memorables ojos, de pelo rizado, empecinada en proteger la urna, y que no paraba de gritarle: *"No te la duràs!"*. Una patada lo consiguió. Por incomprensible que parezca, Plasencia cerró los ojos y condujo el anillo hasta su mejilla. Abrió los ojos. Esto no entraba en sus planes. Podía haber llevado la joya al Ayuntamiento, depositarla en algún lugar público, entregarla a la policía local… Declinó hacerlo al considerar que eso podría comportar algún contrasentido.

En la noche del 21 de octubre, Plasencia regresa a Valladolid. Atrás queda la aventura del barco del que conservaba una sensación furtiva. El cabo (que dos años después sería ascendido a sargento) pasó los dos días que siguieron con Noelia en el albergue Juan de Austria de la Sierra de Gredos. Al tercero, ya de regreso, le propuso a su novia ir a cenar a Los Miserables. Eso sería el domingo 30, seis días después. Pedirían lo de siempre —le dijo—: perdiz asada con jengibre y de primero un plato que ya era fama en Valladolid, tonadilla (arroz tailandés, jamón de Jabugo, espárragos blancos y rúcula). Ella le dijo que sí, por supuesto.

Para Plasencia la invitación sobrepasaba la cena.

Al día siguiente, sobre las diez de la mañana, Plasencia fue al campo de tiro de Jabón, un club para oficiales de la Benemérita. A las doce subió a su coche y se dirigió a la joyería Zambranos, en el cruce de Ronda del Este con Renedo. Venció el atasco de una manifestación "patriota", y llegó en el momento que el dueño conectaba la alarma exterior. Unos minutos le llevó la gestión, que no era otra que la de recoger el anillo de la salamandra, ahora con una dedicatoria grabada: "Para Noelia", más una fecha, "1-10-2017", y una intención: "Año de la victoria". Fue en busca del coche. Se sentó en el asiento, y aún, con la puerta abierta, quiso ver de nuevo la sortija. Los reflejos del sol iluminaron por un instante —sólo un instante— los dos pequeños zafiros incrustados en el lugar de los ojos de la salamandra. La iba a guardar en la pequeña caja con motivos pastoriles, regalo de Zambranos, cuando quiso la mala suerte que le resbalara y fuera a parar a un sumidero, por cuya reja se coló. Nervioso intentó levantar la reja de hierro. Lo intentó incluso con las uñas, golpeó el hierro, lo pateó después. Los años habían amontado en el perímetro de la cloaca toda suerte de desperdicios que el agua se había ocupado de corromper. Abrió al maletero del coche. Sacó la llave de pernos y haciendo palanca pudo finalmente doblegar el hierro, que era herrumbre, o casi. El anillo se había quedado atrapado en lo que parecía el excremento de un perro. Dio gracias a Dios. Lo fue a coger, extendió el brazo todo lo que pudo, luego un poco más, un poquito más, sintió que lo rozaba con la punta de los dedos cuando de pronto una rata sacó la cabeza y se adelantó. La ladrona era grande, gorda, y peluda. Con él, en el hocico, contenta de su hallazgo, desapareció en aquel pozo negro.

Una semana después en Los Miserables, la pareja celebraba la perdiz asada con jengibre. El vino había despertado en el cabo Plasencia la fascinación narrativa de su epopeya en Cataluña. No se acordaba del nombre del pueblo donde intervino su unidad, pero sí de África y las circunstancias que rodearon aquel primer domingo de octubre. Noelia bebió un sorbo de vino, iba a apurar el resto que quedaba de la perdiz, cuando vio algo extraño y duro entre la carne y el jengibre. Con el cuchillo indagó. Con la punta del tenedor lo elevó hasta sus ojos. Con estupefacción dejó caer el anillo de la salamandra en el centro del plato.

Sonó como suena una bala en un tazón de porcelana.

La oferta

9

Señoras y señores…

No estoy aquí de paso. He venido a Mollerusa (hermosa ciudad donde las haya), convencido de que ustedes merecen lo mejor para el invierno, y yo tengo lo que necesitan para darle esquinazo al frío. Un frío —lo ha dicho el hombre del tiempo y deben creerle—, que si Dios no lo remedia será el más crudo de los últimos diez años. Así, que, aprovechen el milagro de la lana que hoy ha llegado a sus puertas, porque la lana, al contrario de nailon y otras fibras modernas, es un milagro de Dios para la gente de bien. Aprovechen que el gobierno ha liberado el comercio y podemos vender en las plazas de los pueblos. Ahora, si me lo permiten, vayamos al trabajo. Presten atención: esta manta… esta misma, Proyecto Común, da igual una que otra, la extiendo ante ustedes como extendería mi corazón, así… A ver tú, chaval, ¿cómo te llamas? ¿Biel? Biel, ¿podrías coger la punta? Va, venga, más fuerte que no te va a comer. De la otra punta también… así está bien. Si les muestro esta manta, Proyecto Común, digo, lo hago con la intención de que las amas de casa puedan ver que lo que llevo en el camión no son remates, sino mantas de primera calidad a precio de coste. Eso quiere decir que, gracias a la liberación del mercado ambulante, no hay más intermediarios que ustedes y un servidor. Fuera los intermediarios, atentos siempre a cebarse con las clases populares que son las menos pudientes. Mis socios de Madrid cargan la mercancía directamente de fábrica, y yo la vendo a personas inteligentes. Podría venderlas en los grandes comercios. Sí, claro, podría hacerlo, nada me lo impide, pero ¿qué pasaría? Pues pasaría que el comerciante subiría el precio a su antojo con la excusa de que paga cuantiosos impuestos. Ahí está el quid de la cuestión, porque, contrariamente a los comercios, nuestros beneficios salen de la comisión con la que nos premian los fabricantes. La venta directa es la fórmula más fiable y más barata, lo digo yo, y lo que digo yo va a misa. Ahora acérquense... que lo hagan también aquellas personas que permanecen sentadas en el banco... ¡sí, vosotras! No, no, las del fondo... ¿Podéis acercaros? Un poco más, un poquito más, eso es, gracias. Digo yo que el placer de prestar un buen servicio a la gente de esta querida ciudad equivale a un billete de regreso, porque, compren o no compren, quiero volver a esta hermosa urbe, aunque sea para pasear con mi señora y mi chiquillo por esta Plaza Mayor, tan bonita, y ya de paso almorzar en el restaurante Esnovari y realizar una visita a la iglesia de San Jaime... Nunca está de más rezarle a los santos locales, porque son algo nuestro, en lo que confiaron nuestros antepasados, Dios los tenga en su gloria. Pero ahora estamos en esta plaza, y aquí no vamos a quedar hasta mostrarles que esta manta que sostengo en mis manos, Dulce España, es de pura lana virgen, un prodigio natural contra el frío. Usted, señora... si usted, la que está junto al árbol, venga, por favor... Toque aquí, pase los dedos por el raso... ¡Oh, señora, señora!, ¿no ha sentido un cosquilleo como un viento que mece las panochas del Ampurdán? ¡Oh, sí! Su sonrisa es la mejor respuesta. No hay nada mejor que una buena sonrisa. ¿Cuál es su nombre sino es mucho preguntar? ¿Montse? De Montserrat, supongo. Preciosa virgen negra para esta hermosa comunidad tan llena de idiosincrasia tan blanca y eterna. Una vez subí con mi esposa y mis hijos por esa empinada cuesta y al cruzar un alegre riachuelo me pareció ver una señal...un halo, un fogonazo blanco que luego se hizo negro. Lo recuerdo y lo digo con el corazón. ¿Sería la Virgen? Bueno... en fin, no quiero hablar si mi señora no está aquí, por respeto a la media naranja, porque el respeto es fundamental en todos los quehaceres de la vida, incluso en las guerras de secesión sacaban a pasear a los santos en medio del fragor de la batalla. Bien... esta manta que sostengo en mis manos, Dulce España, y la otra Proyecto Común, las dos, las dejo por el ridículo precio de ciento cincuenta euros. ¿Cómo? ¿Oigo bien? ¿Cara? ¿Quién ha dicho cara? Ha sido usted, el de la barretina. ¿Me puede decir su nombre? ¡Vaya, Carmel suena a caramelo! Sí, no se rían porque es un caramelo lo que les ofrezco. ¿Sabe usted, Carmelo, qué precio tienen estas dos mantas en las tiendas del ramo? ¡Trescientos euros o más! ¿Me oye? Y eso es mucho dinero para los tiempos que corren. Pero, yo, porque soy yo, y porque ustedes son catalanes, aprovechando que no están mis socios, las dejo por ciento veinte. Es más, un momento, no se vayan... a ver, dónde está... sí, aquí, debajo de estas cajas, vamos a ver, vamos a ver... Aquí, vean, les presento la manta Unión Real, un prodigio fabricado en Sídney, Australia, donde están los canguros. En este país trasquilan a las ovejas con las técnicas más avanzadas y eso se nota en el producto final. ¡Toque, toque señora! ¿Qué me dice? Eh, ¿qué me dice? No, no hace falta que me diga nada, sus ojos lo dicen todo, porque los ojos expresan lo que no dirían mil palabras. Pues, bien, no sé qué dirán mis socios, pero esta tarde me he vuelto loco. ¡Loco, loco, loco! Pues bien: por Proyecto Común, por Dulce España —las dejo aquí—, y por la Unión Real —la pongo encima—, por las tres ¡doscientos veinte euros! No, no pienso aflojar. Es mi última palabra. ¿Cómo se llama señora? Sí, usted, usted, la del pelo blanco, haga el favor, ¿cómo se llama? ¿Marcé? Bonito nombre. Mi abuela se llamaba Marcela, vivió noventa y dos años. Bien, Marcela, levante la mano para que yo pueda saber si usted ha oído bien mi última oferta. Eso es. Bien, puede bajar la mano no se le vaya a congelar. Gracias. No, no hace falta que aplaudan, los aplausos son para los charlatanes de feria. Yo me dedico al comercio, y el comercio es para mí como lo fue para mi abuelo, una religión. Soy, algunos ya me conocen, sino pregunten al Nen de Sarrià el último de una saga de manteros. Mi padre, que en paz descanse, solía decir que el mejor reconocimiento a un vendedor es el trabajo bien hecho. Tenía razón. Yo no me moriré rico, pero dormiré con la conciencia bien limpia. Ahora, por favor, necesito la ayuda de uno de ustedes. Sí, usted mismo, el de la gorra, el que no para de mover las manos, venga, aquí, se lo ruego. ¿Cómo dice? ¿Guiu se llama? Pues bien, Guiu coja esta otra manta, Todos Juntos, ese es su nombre. Sáquele el plástico y déjela encima de las otras tres. ¿Qué me dice? Acérquese. Toque, toque. Eso es, toque un poco más, un poquito más... Eso es, pase los dedos por el dobladillo, toque, toque... Ahora levante la

otra mano si cree que esta manta le dará todo el calor que merece, porque siendo el amor el mejor elemento de calefacción, una
buena manta ayuda a mantenerlo. ¿A qué sí? Bien, gracias señor
Guiu ha sido usted muy amable. Y ahora viene la mejor oferta
para los vecinos de Mollerusa: Proyecto Común, Dulce España,
Unión Real, y Todos Juntos, las cuatro, por doscientos cincuenta
eros. Ah, y ya de paso, como gentileza, añado al lote este oso de
peluche de la Marca España. ¿Ven? Le toco aquí, en el ombliguito
y canta Els Segadors.

Una hora después, en el Esnovari.
    —¿Qué te ha parecido?
    —¿Estás seguro qué este es el Programa Territorial del Gobierno?

Doña Leticia y la Báscula de Shangai

Mi nombre no les dirá nada, y es natural que así sea, porque yo soy lo que se dice una sombra en el jardín.

Siendo como soy una pavesa en el Gran Volcán Zhun Rong, les informo que, yo, Huang Ho Jia, ciudadano de Cantón, República Popular de la China, fui un privilegiado alumno del Sabio de la Pagoda, Hu Meng Tang, como este a su vez lo fue de su predecesor, el insigne Moloh Meng Zidon, fundador de Unión Celeste, centro espiritual-nutricionista, cuyas aulas fueron benefactoras para altas personalidades de la realeza occidental desde los tiempos memorables de Kan Thu Fi. Soy, permítaseme, Gran Conductor de los Nutrientes, y Censor Honorífico de Foods Lies, por la Universidad Central de Pekín, así como responsable de coordinar las conferencias magistrales en la disciplina Conductas y Desvaríos del Sistema Digestivo. Y, en fin, me dignifico como autor del tratado *The Dream of Perfection* (El Sueño de la Perfección) traducido a cuarenta idiomas, la última en el muy honorable idioma Catalán.

Los datos que anteceden pueden explicar lo que sigue:

Dispongo de la carta, fechada el 20 de mayo de 2015 (día del Dragón y de la abnegada Hormiga), en la que, el jefe de Protocolo de la Casa Real Española, el místico Rodolfo de la Alegre España, marqués del Corral, me invita a la recepción que la reina Leticia de España daría —y dio— en mi honor el primer domingo de junio, recepción que contó con la presencia del embajador de mi país, honorable Chu Lay Ching, y de su encantadora esposa Fang Lia. Después del ágape, su majestad la reina contrató mis servicios para coordinar el equipo dietético-nutricionista que la asesoraba desde hacía años. Acepté encantado de servir a tan noble institución, a un país amigo y a una reina tan distinguida.

Sin embargo (Ohhh, ohhh, ohhh, ¡el pájaro de la tristeza vuela sobre mi cabeza!), tuve que prescindir del equipo habitual, al observar la disfunción existente entre el programa calórico establecido y la prescripción líquida aconsejada, un tejemaneje inaceptable que redundaba en las variantes térmicas en la escala Gotg de doña Leticia. Y no solo eso: de los cien trillones de bacterias que conforman la flora intestinal de la reina, una docena de ellas eran de la clase *inflamación latente* (firmicutes) causantes del sobrepeso, que hasta entonces no fueron detectadas. Tuve que actuar con la celeridad de un gorrión y con la astucia de una serpiente.

Hasta noviembre de 2016, dediqué mi talento a corregir los hábitos y la dieta alimenticia de la reina, por lo que, en algún momento llegué a creer que mi trabajo era compatible con la de un hombre de Estado. Eso era el menos lo que llegué a pensar después de que la reina insistiera en el rol institucional de tener un vientre plano, un cuello de cisne, y el lugar inferior de la espalda acorde con su armonía regia. Mi diagnóstico preliminar estableció que la reina presentaba un cuadro calórico que, sin ser expansivo, exigía una complicada mesura entre el valor vitamínico ingerido y la medida correctiva a aplicar, lo que se saldó con una ligera anomalía en el arco astral de su glúteo derecho, y más concretamente en una zona conocida como el Lugar de las Delicias, casi imperceptible, pero que sumía en la desesperación a la reina, empeñada en la eliminación total de la misma.

Al objeto de atajar esa nimia incidencia (que provocaba episodios de mal humor a doña Leticia), ordené traer de mi país la Báscula de Shangai, un prodigio tecnológico desarrollado por el profesor Maki Tang Ou Zu, del Centro de Desarrollos para la Salud, de Pekín. Este portento emplea cristal de cuarzo de tamaño inferior a 100 nanómetros en los que almacena los datos, gracias a las manos estructuras auto ensambladas que codifican la información en cinco dimensiones. Esto permite discernir el peso que tendrá la reina en un futuro, y hacerlo, a partir de establecer en el pequeño procesador incorporado en la misma los datos esenciales de la dieta, la ingesta líquida (o una aproximación de la esporádica), así como los procesos calóricos a los que su cuerpo regio podría estar expuesto.

Más tarde concilié esos datos con las peculiaridades de su temperamento, los estándares de movilidad, al que añadí algunos vicios típicamente españoles como son la siesta, los cambios de humor, las peleas con la suegra, el desplazamiento del botijo, así como la cadencia sexual y otros valores externos que, inexorablemente, inciden en las anomalías gastrointestinales. El veredicto de la Báscula de Shangai fue determinante y reflejaba el peso (en progresión) de la reina Leticia: 2Kgs y 20 gramos, valor que aumentaba vertiginosamente en 20kgs y 70 gramos en 2032. Esta notable diferencia me obligó a una especulación metodológica con destacados politólogos indoeuropeos, según la cual el sobrepeso anunciado devendría tras el derrocamiento de la monarquía española y el advenimiento de la república y, consecuentemente, con los episodios de estrés y ansiedad (cortocircuito metabólico), tan propio de situaciones tumultuarias que conllevan este cambio de organización política, que, en este país de amplios soles suponen refriegas y altercados. En todas estas variantes, la Báscula de Shangai reflejaba una sobreactuación de ingesta de la reina que, afortunadamente, se neutralizaba con la evacuación regular de la misma en grado de consistencia, densidad, color y olor que la Báscula de Shangai calificó de *aceptable*, dadas las circunstancias.

Mi informe culminó el 1 de octubre de 2017. A las 20 horas doña Leticia me mandó llamar a su despacho:

—Le he preparado una carta de recomendación. Si lo cree pertinente, la Báscula de Shangai se la enviaremos por valija diplomática a la dirección de Cantón. Gracias.

Ventus corrupta

A veces es una lucha ahuyentar las moscas vivas,
pero no hay excusa para dejar las moscas muertas
contaminando el testimonio.

Tito 2:11

Nada más llegar al mundo en la mañana de abril de 1957, soltó un gritó que sobrecogió a los que estaban en la sala de partos. No hizo falta que el ginecólogo le diera al recién nacido el ritual cachete para comprobar la oxigenación de los pulmones. El padre de la criatura, José Zorrilla de la Alegre España (el apellido compuesto fue durante años motivo de estudio heráldico), capitán de la Guardia Civil, le arrebató el niño a la madre y, emocionado, lo aupó por encima de su cabeza como si fuera un trofeo que acabara de ganar. Fue en ese momento cuando el progenitor percibió un olor a moscas muertas, fácilmente compartido por los presentes.

—Creo... —titubeó Zorrilla, con una expresión infantil— que Nico se ha hecho caquitas.

El personal sanitario se miró sorprendido. No habían oído nunca la palabra *caquitas* expresada de forma tan elocuente, y mucho menos proferida por un mando de la Guardia Civil, ancho, alto y expeditivo, que había llegado a la clínica de uniforme.

—No exactamente —dijo la madre, deshaciendo el pañal de su retoño, y exclamando para ella—: es el meconio. ¡Pequeñín —dijo tocándole naricilla—, cuchi, cosita mía, mamaíta te limpiará!

El padre contemplaba la escena con ternura. Entornó los ojos, inspiró, y cuando el aire se distrajo por los pulmones se imaginó a su bebé en el tiempo. Una ensoñación se apoderó de él. Vio a su niño crecer por encima de todos los niños, como sobrepasaba a sus compañeros de instituto, y más tarde con qué gallardía se manejaba en la Academia de la Guardia Civil. Sonrió beatíficamente. Ni que decir que Nico seguiría su ejemplo, como él había seguido el del abuelo del niño, su padre, Nicomedes de la Alegre España (nombre también del recién nacido). Persona ejemplar, donde las hubiera, que había atesorado en su dilatada carrera en la Benemérita distinciones y honores diversos como la Medalla de Santa Bárbara, concedida por la institución religiosa el Cristo de la Buena Bomba de la que había sido secretario segundo el patriarca.

Pasaron dos años, y al tercero la madre decidió llevarlo al médico al comprobar que los desarreglos intestinales de su pequeño (detectados un tiempo atrás), lejos de remitir se acrecentaban. En efecto: las deposiciones del pequeño eran fluidas, de tonos oscuros y despedían un fuerte olor que la memoria olfativa de la mujer asoció a moscas muertas.

—¿"Moscas muertas"? ¿Otra vez? —inquirió Zorrilla de la Alegre España, nada más conocer la información de su esposa—. ¿Querrás decir a "huevos podridos"?

—No llega a tanto —repuso ella—. Si se tratara de huevos podridos estaríamos hablando de otra cosa, probablemente de un adulto que se hincha de comer... —le dirigió una mirada recriminatoria a su marido— fabada. —Movió la cabeza expresando su disgusto por algo que consideraba un asunto superior—. ¿No sé de qué han servido las muestras que le envié al médico hace meses, ni las radiografías que le mandó hacer a Nico? Aún estoy esperando que me llame.

—Es verdad —sentenció Zorrilla—. Pero, en fin, mujer —añadió en un intento de quitarle gravedad al asunto—, no debemos preocuparnos más de la cuenta. Lo de Nico es algo pasajero, estoy seguro.

—Será pasajero cuando se le pase —le contestó Adelaida con dignidad.

El pediatra le había dicho a la madre, seis meses antes, que recogiera las heces de su pequeño y las metiera en un recipiente, y que se proveyera de una segunda cápsula que le dispensarían en la farmacia, ésta, más sofisticada, para capturar los gases. Se trataba de un braguero hermético con una suerte de pitorro que debía introducirse en el ano del pequeño en el momento en que los padres percibieran cualquier signo de flatulencias. Aunque pudiera parecer una misión engorrosa, no lo era en absoluto, atendiendo a las muecas expansivas que iluminaban el rostro del niño cuando debía descargar el vientre. Acordaron cita con el pediatra. Lo hizo Adelaida. Llamó a su amiga Mercedes del Pulgar para que la acompañara. Los tres llegaron a la consulta del doctor Fernández, un médico de renombre que, precisamente, se había doctorado con una tesis titulada *Pedo, follo y meteorismo en el lactante* que, pese al enunciado, alumbró más tarde un libro con gran éxito de ventas.

Subían por el ascensor hasta el segundo piso, cuando Adelaida le susurró a su amiga:

—Pues mira, ya de paso, le preguntaré qué es esto del "follo" que aparece en el título de su libro. Me tiene intrigada. He leído el primer capítulo y... bueno espero que Nico no tenga "follo".

—*Ade*, hija, dado que este médico no es sexólogo —le dio un codazo— ni tampoco el verbo que te imaginas, habría que atribuir lo del "follo" a una jerga de la profesión. Así que estate tranquila, mujer... Lo he mirado en internet, se trata de un desarreglo de la barriga. Lo llaman así entre las clases bajas.

—¿Estás segura?

—Segurísima. Los romanos lo conocían como *ventus corrupta*, y de ahí pasó a estertor anal entre las clases altas. Nada de *follo*, suena fatal.

La puerta del ascensor soltó un resoplido. Se abrió y apareció de golpe la sala de espera de la consulta del médico. Era un recibidor de un blanco impoluto, alterado sólo por los nidos pintados en los cuatro ángulos superiores de la habitación en los que aparecía la cabeza de los pichones, con los ojos cerrados y el pico rojizo abierto a la vida que empieza. Aquel recurso era una evocación a la entidad familiar con la que el decorador había arriesgado su talento creativo. Con más asombro que sorpresa, Adelaida se entretuvo con la pintura. En eso estaba cuando de pronto se abrió la puerta de la salita y apareció la enfermera.

—Pueden pasar —dijo.

La consulta era un habitáculo pintado de rosa, con una camilla de palas, una báscula, una pesa de madera de pino y un pequeño armario en la pared, junto a la puerta. Una estantería sostenía una docena de libros y una caja con muñecos de trapo.

—Mientras esperábamos —dijo Adelaida, con un poco de rubor—, Nico se ha hecho caca. Lo siento, pasaré al lavabo y le cambiaré el pañal —se levantó—. Sólo será un momento.

—No, deje, deje… —atajó el médico—. Mejor. Recogeré una muestra para el laboratorio. —Le dedicó a la mujer una confortable mirada de tranquilidad—. Siéntese. Vamos a ver cómo de bien está su hijo. Después hablaremos de lo que le preocupa.

La madre desnudó a Nico, le cambió el pañal, le pasó una toallita por los glúteos, acarició su nariz, lo besó y lo subió a una camilla. La enfermera recogió una porción de heces del niño, arrugó la nariz, y metió la muestra en una cápsula que cerro con ahínco. El pediatra fue hasta el armario, cogió un tallímetro y midió los pliegues grasos del niño. Apuntó algo en la bitácora. Después aplicó el fonendoscopio en el pecho y espalda del pequeño, y finalmente, le dijo a la enfermera que trajera el orquidómetro Prader con el que midió el volumen testicular del pequeño, que en ese momento le dio por reír. Finalmente, aunque de forma rutinaria, comprobó los reflejos, y sin dejar de anotar los valores, midió el perímetro cefálico. Repasó sus notas, hizo un gesto de satisfacción y soltó:

—Todo correcto, aunque debería perder peso.

—¿Ves? —sugirió Mercedes del Pulgar en la oreja de su amiga.

El médico fue hasta su mesa, sacó una carpeta azul del primer cajón, cotejó la información de lo que parecía una historia clínica y anotó algo en el reverso de uno de los folios. Adelaida siguió el movimiento del pediatra sin pestañear.

—Por lo demás… —sugirió la madre arrastrando los puntos suspensivos.

—A eso voy —hizo un canuto con la mano y tosió levemente—. El laboratorio me ha remitido el análisis de las heces, así como una valoración de los gases… —se detuvo. Fueron unos segundos en los que la madre tragó saliva.

—¿Y bien…?

—Sobre esto tengo dos noticias que darle: una buena, y otra que, sin ser mala, resultará con el tiempo embarazosa para su hijo.

Las manos de Mercedes del Pulgar buscaron las de su amiga. Sabe Dios que Adelaida había elucubrado sobre lo qué pasaría si el médico le daba una mala noticia, cómo se lo tomaría, y cosas así. Y ahora que estaba en el umbral de esa posibilidad, pensó que debía de mostrarse fuerte. Inspiró profundamente y preguntó:

—¿Cómo de "embarazosa"?

—Tranquilícese, no hay motivo para preocuparse —dijo el médico haciendo una pantalla con las manos—. Hemos descartado que Nico tenga el intestino delgado corto, que, le confieso, era una posibilidad. Pero no. El aparato digestivo es normal, con la salvedad de que las placas realizadas a su hijo revelan un intestino grueso, inusualmente ancho para su edad, asunto que carece de importancia. Y con respecto a las heces, pues bien, seguimos con las buenas noticias. Verá. —Enarcó una mueca que quiso ser sugestiva—. Yo siempre digo que las heces son como una estación de tren, una terminal que nos explica el estado de las vías por las que circula el sistema digestivo. —Adelaida repicoteó los tacones en el suelo, y se llevó la punta de los dedos a los dientes—. Pues bien, en ese trayecto —prosiguió el médico— no hay obstáculo alguno; quiero decir que los alimentos transitan por el aparato digestivo de Nico con normalidad de crucero.

—¿Ves, Ade? —dijo su amiga.

Adelaida inspiró profundamente. Fueron unos largos segundos que el pediatra aprovechó para considerar el tono que debía de utilizar a continuación.

—Y ahora vayamos a la segunda noticia. Los del laboratorio han detectado lo que parece ser un desequilibro en los niveles de metano y nitrógeno de los gases expelidos por su hijo, que usted recogió en la cápsula ventosa, y que son, en parte, los causantes de las flatulencias y del mal olor. Y eso, sin ser grave, ya le digo, es inusual. Para que usted se haga una idea, le diré que el nivel de nitrógeno de Nico supera el 70,5 por ciento, y el 30 de metano —los agentes más pestilentes, por así decirlo—, cuando lo normal a su edad, serían unos valores de 50 y 0-10, respectivamente. Esta anomalía provoca que los demás gases: dióxido de carbono, hidrógeno y oxígeno, preferentemente, se nieguen a aceptar la categoría de gases menores y, monten en rebeldía en contra de lo que consideran un ultraje, provocando con ello un amotinamiento en grado de rebelión en el esfínter inferior. —Se desprendió de las gafas, les pasó un paño y jugó con ellas—. Como es natural los gases no son seres vivos, pero también tienen su corazoncito.

—Desde luego —convino Adelaida, por decir algo de lo que no estaba convencida.

—… cuando esto ocurre asistimos a una lucha oscura entre los gases secundarios, que se niegan a serlo, y los emergentes que no quieren perder sus atribuciones biológicas en el intestino grueso. Y no sólo eso: existe una competencia desleal entre el intestino delgado y el grueso. Aunque parezca increíble se acusan el uno al otro de practicar la pereza intestinal.

—¡Caramba! —soltó Adelaida.

—Como lo oye. En ese trasiego están las tripitas de su hijo. No es el primer caso detectado, aunque no con los valores fétidos de Nico, desde luego. La cuestión que me preocupa es si los porcentajes de esos valores revestirán un recrudecimiento con los años o, por el contrario, se estacionarán. Yo confío en lo segundo.

—¡Por Dios, doctor! —soltó Adelaida a punto de llorar.

—Igual he sido un poco alarmista. —Le tocó el hombro a la mujer—. Mi interés, Adelaida, está en conocer los factores que expliquen la anomalía de esos porcentajes, y la forma en que se han transmitido. Esto me dará la posibilidad de evaluar si estamos ante un problema endógeno, lo que nos permitiría dirimir la relación existente con al árbol enzimático de sus progenitores, o hemos de enfrentamos a una anomalía de carácter exógeno. ¿No sé si me explico?

La presión escénica médico-paciente obligó a la mujer a decir:

—Desde luego.

—¿Su marido sufre flatulencias?

—Sí, tiene muchos flatos.

—¿Odoríferos?

Adelaida miró de reojo a Mercedes del Pulgar, ésta, se llevó los dedos a la nariz.

—Muy apestosos, sí —confesó Adelaida, con ganas de sincerarse— le viene de familia. Y claro, como son hereditarios, ya me dirá usted lo qué puede hacer una servidora…

—Una cruz —apostilló la amiga.

—Al padre de mi marido, Nicomedes, mi suegro —prosiguió la mujer, ahora más desinhibida—lo llamaban en el cuartel el Pedorreta de Tres Cantos. Me consta que, en los actos oficiales del Cuerpo, lo liberaban.

—Pues no sé —dijo volteando las gafas el pediatra—. Probablemente asistimos a un leve trastorno hereditario caracterizado por un déficit de enzimas. —Sí —dijo para él—, podría ser. Veremos...

—¿Y eso? —preguntó Adelaida,

—Simplificando: las enzimas son moléculas que se originan en nuestro cuerpo para eliminar los desechos tóxicos. Son nuestras aliadas silenciosas y humildes, encargadas de destruir los virus y bacterias, causantes de las flatulencias y de otros trastornos meteóricos en el aparato digestivo.

Adelaida estaba cansada de tanta clase magistral:

—Doctor, dígame: ¿esto tiene algo que ver con el follo?

Miró a la mujer durante unos segundos.

—Desde luego —y añadió enseguida—: pero sin dramatismos. El follo es una consecuencia de daño colateral derivado de las causas antes referidas. —La miró inquisitivamente—. ¿Supongo que ha leído mi libro?

—Faltaría... —dijo Adelaida.

—Yo también —apuntilló Mercedes del Pulgar.

—Pues en él abundo en este tema. Le haré un resumen: el follo es un alma en pena que cuece su desdicha en los bajos fondos del intestino, a la espera de un descuido del esfínter inferior, al que considera aliado de los pedos, la ventosidad por excelencia. De ahí que busque la manera de llamar la atención. Suele ser más fétido porque el muy cobarde —sonrió con la idea de suavizar un tema tan árido— carece de valor para dar la cara... Hablo en sentido metafórico, naturalmente... En los adultos las terminaciones nerviosas en el recto distinguen entre pedo odorífero clásico, de los hediondos, los follos, que son más fluidos, y que muchas veces terminan en una incontrolada defecación al confundir a los sensores del intestino grueso. ¿Ha oído alguna vez eso de si los pedos pesan? —la mujer puso una cara indescriptible—. Aunque parezca un chiste fácil, esa es la señal del follo, el síntoma que lo caracteriza.

—No, Nico siempre llega tarde.

—Suele ocurrir, porque el follo se camufla con los movimientos peristálticos de las heces, y, al contrario del pedo, no da señales que delaten su existencia, originando una leve defecación involuntaria. ¿Significa esto que el pequeño Nico verá alterada su calidad de vida por este agente expansivo? La respuesta es no. A lo sumo, un paciente de follo puede acarrear con el tiempo un problema social derivado de su condición de expendedor, pero en ningún caso —insisto— en ningún caso, supondrá un riesgo para su salud. Si controla los gases no hay problema. Pero con cuidado, porque el follo es muy vengativo, y su contención podría derivar en una úlcera gastroduodenal.

—Al primer síntoma le avisaré enseguida —dijo la madre.

—Eso es. La cuestión más preocupante, de haberla, ya le digo, es de orden social, porque el follo crónico tiende a ampliar su radio de acción. Aun así, los pacientes pueden ejercer un control sobre sus ventosidades, para ello existen unos ejercicios abdominales, un control de la respiración y, desde luego, una dieta adecuada exenta de carbohidratos complejos: garbanzos, habichuelas, levaduras... Nada de gas, lógicamente. —Se miró el reloj de forma ostensible—. La enfermera le prescribirá una dieta, y responderá a las dudas que pueda tener de ahora en adelante.

Los padres de Nico se acostumbraron a la realidad fétida de su pequeño, aunque de forma divergente. El padre calificaba de *malogrado destino* la anomalía de su hijo, mientras la madre llegó a confortarse, aduciendo que Dios, en su infinita misericordia, tuvo a bien concederle un retoño con el que, gracias a él, podía percibir en toda su intensidad el perfume de los anisillos del parque del Retiro en contraste con los follos pestilentes de su hijo que, además, el pequeño los alternaba con grandes risotadas.

Pasó el tiempo, y cuando Nico llegó la edad escolar, los padres eligieron el colegio Cristo Resucitado y Amen para la formación de su retoño. Una elección que dio sus frutos, pues los años que siguieron fueron para el pequeño un prodigio de espiritualidad con los que ensanchó su riqueza interior, que resultó ser muy fecunda. En ese camino que, para la familia debía ser eclesiástico, se cruzó un joven diácono, que fue el mentor del pupilo Nicomedes y más tarde su director espiritual. Sabedor de que su discípulo era propenso a la elevación por las causas que su cuerpo le exigía, lo instruyó para que pusiera en orden su esfínter durante el sacrifico de la misa y en las extensas horas de las plegarias. Y, que, además —insistía—, no abandonara el lugar que el colegio le había asignado junto a la ventana del aula, que, indefectiblemente, debía permanecer si no abierta, al menos entornada.

Por aquel entonces los follos de Nicomedes de la Alegre España habían aumentado, y su rotundidad alcanzado un nivel irrefutable: 150 de nitrógeno, 40 de metano y 0,38 de dióxido de carbono. Los médicos le prescribieron una dieta rica en mijo, y en preparados con plantas carminativas. Insólitos naturistas le hablaron de la bondad del hinojo, de la gracia del anís, del milagro de la manzana verde y de los sueños orientales del jengibre. Se asoció a ellos, es verdad, pero los follos no cesaron.

En 1973, a los dieciséis años recién cumplidos, Nicomedes decidió servir a España. Para incentivar esa virtud se afilió a Falange Española de las JONS, donde fue recibido con los brazos abiertos. Un *flecha* con esos apellidos dinásticos era una bendición para aquellos que cuidaban de que España no se contagiara de la viruela extranjera. Muy pronto, el joven Nicomedes llamó la atención del jefe de centuria que le animó a alistarse en la banda de música de Falange, Trueno Imperial, un elenco de percusión formado por veintidós flechas, que, armados con tambores, bombos y matracas deleitaban al vecindario, anunciando entre otras efemérides, el día de la Hispanidad, la contrita Semana Santa, el levamiento fascista del día 18 de julio o la festividad de San Palermo (ésta última, un aporte específico de Tres Cantos). Ni que decir que, cuando Nicomedes aporreaba el tambor en el Valle de los Caídos, el sonido adquiría un eco milagroso mezclado con los efluvios imperiales de una nación que fue imperio. Nadie tenía por qué saber que algunos de los redobles surgían contaminados.

Sus problemas de salud no menguaron con los años, y así, en una visita rutinaria al hospital de los Sollozos, un proctólogo discurrió que el esfínter superior gastroesofágico de Nicomedes estaba atrofiado, por lo que, el bolo alimenticio sufría dos retenciones innecesarias, multiplicando las colonias de bacterias en la parte inferior de su intestino grueso. Y, que, dada la pereza endémica de las enzimas del paciente (diagnosticada a la temprana edad de tres años), cuadriplicaba sus ventosidades y las atribuciones odoríferas de sus cuescos. El bisturí actúo con torpeza. Fue como quitar las piedras que mesuran el agua del arroyo. Ahora el follo (al socaire de algún que otro pedo enmascarado) irrumpía airoso y tan insolente como las notas de un trompetista borracho. Nicomedes padeció una depresión que lo tuvo postrado durante meses. No fue hasta el óbito de Franco, acaecido el 20 de noviembre de 1975, que la suerte le depararía una sorpresa. Afectado por el deceso, inconfundible por el llanto, extasiado por la pena, utilizó la influencia familiar para que le permitirán velar al muerto en el palacio de Oriente. Incomprensiblemente, fue relevado al instante, después de que el servicio de orden acelerara el tránsito de las condolencias para que corriera el aire. Fue aquí, en las interminables colas del pésame, donde descubrió a la mujer de su vida: María Remedios de la Risilla y Diaz-Tobar, primogénita —y por tanto heredera— del ducado de La Perdiz. El título nobiliario carecía de la ostentación pecuniaria del que había disfrutado el valido e iniciador de la saga ducal, Gaspar de Guzmán y Pimentel Rivera y Velasco de Tobar (conde-duque de Olivares) durante el reinado de Felipe IV, pero no del lustre de pertenecer a la clase dominante. Dicho de otra forma, la mujer compungida, que este día aciago se aferró al candelabro que velaba el muerto para no caer en el desmayo, carecía de capital, pero no de recursos y mucho menos de influencias.

Contraer matrimonio con Nicomedes supuso un acto de amor sin paliativos, que elevaba a la condición de santa (o de mártir) a Remedios de la Risilla. La ceremonia la ofició el obispo de Madrid (mentor de la saga familiar de la Alegre España) en la capilla de San Agustín. Se comenta (aunque con la prudencia cristiana que el caso infiere), que el novio dijo sí por dos veces y en dos tiempos; la última aún por dilucidar si fue adverbio o acto acústico. En cualquier caso, dicho está, sea adverbio u onomatopeya, porque a la boda le siguieron años felices coronados por toda suerte de acontecimientos, a los que hay que significar los éxitos políticos de su padre, amigo y correligionario de Blas Piñar, fundador, en 1976, de Fuerza Nueva, para quien la guerra de España resultaba insuficiente.

En ese año de enjundia familiar, Nicomedes se somete a una costosa intervención quirúrgica al objeto de implantarle el esfínter de cardias, injustamente maltratado en la anterior operación. "Hay que estar preparado para la guerra que empieza", escribió de su puño y letra en *El Alcázar*. Avalado por el pediatra Fernández, aún en ejercicio, acepta de por vida el tratamiento del doctor Mekakus de Salónica, una dieta a base de fibra esterilizada de papaya inyectable para estimular la creación de enzimas y eliminar los follos subyacentes en el lugar donde anidan. Aún convaleciente, pero animado por el éxito de la operación, se integra en el Comando Delta para luchar contra el referéndum de la Constitución española de 1978. Su alegría resultaría indescriptible al constatar la vasta representación familiar que concurría en el mismo objetivo, que no era otro (dijo en aquella ocasión a la prensa) que el de "llamar a las cosas por su nombre". Pero no fue hasta el golpe de Estado del teniente coronel de la Guardia Civil Antonio Tejero Molina, en 1981, cuando Nicomedes emergió con la impronta de un soldado. Y como tal compareció en el cuartel de la Benemérita de su ciudad ataviado con la camisa azul de la Falange. Aquí se ofreció para culminar el levantamiento. Nadie le reprochó su entusiasmo.

Una década después, Nicomedes ya era un hombre famoso en la tupida red del espionaje español. El Gobierno, sobrecogido por su hoja de servicios, lo incorporó a la Unidad Antiterrorista Nacional (UAN). Fue acusado de torturas en Euskadi, juzgado, condenado y finalmente indultado en 1996. Su laborioso trabajo en las cloacas del Estado le hizo merecedor de la impoluta carta de presentación, del entonces ministro de Interior, para que el director del Centro Superior de Información de la Defensa (CESID), le propusiera desarrollar tareas de subterfugio en la Red General de Operaciones Encubiertas (RGOE). Un departamento en alza conocido, injustamente, como Las Ratas, en el que Nicomedes de la Alegre España cosechó tanto prestigio que llamó la atención de los sucesivos inquilinos de La Moncloa. Con ellos subió y bajó tantas veces a las cloacas, a los sumideros, a los registros, a las alcantarillas y a los conductos ciegos, que las tripas del submundo fueron para Nicomedes un lugar de regocijo.

Los dioses tiraron los dados sobre el tapete del cielo, y los números resultaron favorables a Nicomedes. El tercer día de septiembre de 2017, a las 12.30 minutos de la mañana, y a tenor de la cita requerida por su superior en el mando, cruzó la Castellana y, con paso resolutivo se plantó en el número 33 de la calle Rafael Calvo, sede del Ministerio del Interior. El jefe de Protocolo lo condujo hasta el despacho del ministro. Éste se levantó de la silla, ladeó la escultura en bronce del Novio de la Muerte hacía el acantilado de la mesa (regalo del Tercio de la Legión) y después de un taconazo de rigor, le hizo saber que España se desangraba por la herida abierta del separatismo catalán. Y, que, dada su experiencia en Asuntos Internos y en los que no lo son, el Estado lo proclamaba comandante de las fuerzas policiales que, prontamente, debían atajar esa *hemorragia*.

—Por eso —dijo—, te he mandado llamar.

El otro dio un segundo taconazo.

—¡Viva España! —gritó sin venir a cuento.

Reconfortado, el ministro tomó aire; sin ligereza, pero con gravedad, caminó hasta una mesa pequeña que descansaba contra la pared, abrió una caja de la que sacó un cigarro habano de la marca Imperator, cuya punta guillotinó. Luego le señaló a su invitado un sillón, que el otro aceptó con una fatigada sonrisa.

—¿Has estudiado el informe? —le preguntó.

—Desde luego.

—¿Aceptas el cargo?

—Por supuesto.

—¿Y bien?

—A mi parecer sólo hay una forma de parar esta rebelión antes de que sea demasiado tarde —el ministro se quedó a la espera—: debemos combatir las emociones de los independentistas con inteligencia, su orden con el desorden y el pacifismo del que alardean con acciones contundentes, pero no definitivas. Como el nacionalismo es asunto floreado y vagamente religioso, se trata de inducirlos al martirio. Se inmolarán. Ellos ganarán el alma, nosotros la unidad de España.

El ministro parecía confuso.

—¿Y eso cómo se hace? —dijo después de un leve bamboleo de la cabeza.

—Con la imagen.

En la cara del ministro apareció un interrogante tan grande como el nudo de un ahorcado.

—¿Con la imagen? —repitió de un tirón.

El ministro puso cara de pasmo.

—Retrocediendo a la etapa preconstitucional —aclaró—, pero huyendo del blanco y negro. Todo en color, y a ser posible en cuatro dimensiones. Los catalanes interiorizarán el pasado creyendo que viven en el presente. Es el pasado lo que nos interesa. El pasado nos hizo grandes.

—Correcto —asintió el otro, a quien las últimas palabras le habían propiciado un confuso optimismo.

—Desde esa fascinación —añadió Nicomedes— hay que llevarlos a un laberinto donde se confundan y animen sus reproches, hasta que caigan en la cuenta de que la insensatez consiste en pedir aquello que es posible, pero que no estamos dispuestos a conceder. No debe declinarnos el espanto de lo que piden, sino aquello que puedan conseguir si nosotros doblamos el espinazo.

—Ya veo, una paradoja —dijo el ministro con un inusitado brillo en los ojos.

—Nosotros —continuó Nicomedes— haremos que el pasillo del separatismo sea interminable, el tejado abierto, la puerta velada y las escaleras con los peldaños rotos.

El ministro cruzó el dedo índice en los labios (no en vano su antecesor en el cargo tuvo que dimitir por una intriga contra la independencia de Cataluña captada subrepticiamente por un micrófono oculto en el despacho). Fue hasta su mesa, cogió un sobre lacrado que llevaba escrito en gongorina caligrafía: "Operación Caballo de Troya", y dijo masticando las palabras:

—Aquí está el misal con las oraciones correspondientes —le guiñó un ojo.

—Comprendo —dijo Nicomedes.

El ministro estaba sobrecogido por el talante del hombre que debía coordinar los Cuerpos y Fuerzas de Seguridad del Estado en Cataluña. ¡Dios! ¿De qué había servido tanta idiosincrasia, la disparidad desde la uniformidad, la unidad en lo variopinto o la reconversión del Estado plurinacional en una sola nación y, además, indivisible? Le dio una bocanada al puro, sopló, pero las filigranas del humo dibujaron la desastrosa imagen de una urna repleta de papeletas. Por la mente del ministro afloraron los gritos de los campesinos catalanes blandiendo las hoces que acuñarían, siglos después, las primeras estrofas de *Els Segadors,* cuando las masas airadas se levantaron contra el virrey de Castilla en julio de 1640, en el Corpus de Sangre. ¿Acaso —se preguntaba— no son las urnas el elemento simbólico de las aceradas hoces, y las papeletas la munición contra el imperio de la ley? ¡Hay que estar ciego para no ver que la proclamación de un referéndum —ahí se detuvo— ilegal… es la punta de lanza de una subversión que, de consumarse, levantaría de la tumba al general Franco! La ira le había ganado la partida. Reventó el puro en el cenicero, lo retorció hasta que adquirió la forma de un gusano negruzco, y erguido, desencajado, descargó sus puños en los pies de la virgen Dolores de Archidona (regalo de su antecesor e injustamente olvidada por éste). Al ministro se le salían los ojos de la cara, le rechinaban los dientes, los músculos se le pusieron en tensión, y las venas carótidas semejaban dos cuerdas de bramante, cuando gritó fuera de sí:

—¡A por ellos, coño, a por ellos...!

El domingo 1 de octubre de 2017, un contingente formado por los Grupos de Acción Rápida (GAR), de Unidades de Seguridad Ciudadana de la Comandancia (USECIC), de los Grupos de Reserva y Seguridad (GRS), de las Unidades de Intervención Policial (UIP), todos juntos, y dotados de pertrechos para una ocasión que debía ser ejemplar, dieron valor a la operación Caballo de Troya. Más de un millar de heridos lo acreditan.

Nicomedes recibió alborozado la distinción de Hijo Predilecto de España y la medalla de las Gestas Heroicas. Arropado por el Gobierno, jaleado por unos y por otros, el comandante en jefe del operativo Caballo de Troya, no cabía en sí de gozo. Y aunque el entusiasmo policial arrojara un saldo de 1.124 heridos en el lado catalán, esa cifra se consideraba anecdótica ante el peligro que hubiera supuesto que España se rompiera en mil pedazos. Nada pudo enturbiar esa hazaña; nadie conseguiría arrojar un ápice de duda sobre él. Muy al contrario: hasta Nicomedes llegó la información de la súbita simpatía de la Corona hacia quien se había mostrado indeleble ante el reto de restablecer el imperio de la ley.

Dos semanas después, el 22 de octubre (santoral de san Abercio de Hierápolis), la esposa de Nicomedes, Remedios de la Risilla, duquesa de La Perdiz, alquiló el Salón de los Merecimientos del palacio Real de La Granja de San Idelfonso, en Segovia, para ofrecer una fiesta de desagravio a su marido. Tamaña ocurrencia perseguía el propósito de neutralizar la campaña que los separatistas habían iniciado contra la violencia policial. La elección del lugar no fue casual: El palacio había sido construido bajo el reinado de Felipe V, precisamente el Borbón español que derrotó a Cataluña en 1714, circunstancia que representaba un guiño para que, 303 años después, un descendiente de la saga consignara su presencia a un acto tan merecido. Congratulada, pues, con la historia, contenta y feliz con los preparativos de la fiesta, Remedios de la Risilla informó a los invitados acerca de los pormenores: jugaría con su marido a la gallinita ciega. Un entretenimiento cortesano, exquisitamente audaz, en el que, la persona agraciada permanece con los ojos vendados a la espera de la gran sorpresa que, devendría tras el pastel de fresones cortijeros que la abnegada esposa le prepararía al héroe de la contienda, y ya, en presencia desvelada de los regios invitados.

El marido aceptó el juego, a sabiendas de la imposibilidad de rechazarlo. Se dijo que le vendría bien una jornada de asueto después del ajetreo tumultuoso por las calles y plazas de Cataluña. Nada supo de los invitados, pero sí del regalo sorpresa que le entregaría "una alta personalidad" a la hora convenida. Esto acontecerá —le dijo Remedios de la Risilla— en el crepúsculo del 22 de octubre.

Ese día el matrimonio almorzó en el jardín del palacio Real debajo de la estatua en bronce de la Ninfa Cazadora. Dos platos coronaron el mantel, dos botellas de Verónica Real le siguieron. Lo demás fueron cochinillos suplicantes, dotados con sendos escudos reales en el hocico, gentileza del Maestrazgo de Segovia. Nada, o muy poco, objetó el estómago de Nicomedes, salvo la incomodidad de un ligero estreñimiento. La noche anterior se había prodigado más de la cuenta con los oficiales del Cuerpo, a los que agradeció su empeño en la exitosa operación catalana. El regocijo lo llevó a una fabada asturiana (sin límites, ese era el trato); la codicia a doble ración de chorizo de Cantimpalo, y la voracidad a una ristra de morcillas de la firma Hermanos Charcuteros de Calatayud. Todo eso regado con vino espumoso de Jumilla. A los postres arroz con leche y chocolate rizado. Y, si bien esa amalgama le infería la parte inferior del estómago, también hay que decir, a su favor, que supo controlar sus follos.

Y llegó la tarde con sus premoniciones. Su mujer le vetó la vista con un pañuelo de seda, al estilo de los piratas. Luego, le cogió la mano y lo condujo junto a la mesa isabelina, en el centro de la sala Pizarro. Allí se quedó con un beso. Nicomedes intentó controlar la flatulencia que amenazaba con salir con estrépito a la primera de cambio. Los espasmos abdominales le habían doblado el espinazo, y temió un alzamiento en la periferia del ano. Se llevó las manos a la barriga intentado acometer los ejercicios respiratorios prescritos por el terapeuta del cuartel, Ling Tao. El chino ejercitaba a los policías en el manejo de sus emociones cuando regresaban de cumplir con su deber en misiones correctivas, cuyo desgaste era preciso reponer.

La llamada "terapia inducida Ling Tao-Ping-Yu Mai" (que la perspicacia policial llamaba "Chino-Chano"), consistía en una serie de ejercicios relajantes que el paciente podía ejercitar en cualquier sitio y momento, sin la presencia del terapeuta. Y como el momento era propicio y la necesidad apretaba, Nicomedes se tumbó debajo de un *ginkgo biloba* en el jardín de La Granja y con los ojos cerrados empezó: inspiración, exhalación, inspiración, exhalación... Al rato, forzó su nivel de concentración. Ahora caminaba descalzo por la playa. Se imaginó unos granos de arena atrapados en la confluencia de los dedos gordo y segundo del pie derecho, que de inmediato pasaron al izquierdo. Sonrió. Notaba la sonrisa plácida de la relajación en la comisura de los labios, en la forma beatífica que adquirían sus mofletes y como se destensaban los músculos del cuello. Detrás de él se imaginaba, las barcas en la playa, con los colores rojo y amarillo, sumisas (mejor: balanceándose) en el mar azul, perdiéndose en el horizonte, convertido ahora en un punto antes de fundirse en el océano. Tenía que forzar el culo, aguantar. Debía hacerlo por su mujer, ¡por España!, debía concederle a Remedios de la Risilla esta gracia en un día en el que ella había dispuesto lo mejor de su corazón para su amor, el rey del Trueno, como le decía en busca de su cariño, eso es: para un hombre ejemplo de hombres. Fue ella la que le dijo, preventivamente, que el "triunfo contra el referéndum debía de ser sentido, pero sin eco". Por eso Nicomedes ordenó a sus esfínteres moderación (nadie hablaba a sus tripas como lo hacía él). Se dijo que, con los ojos vendados sería más llevadera la empresa, y que los gases esperarían la orden de romper filas. Pasó el dedo meñique por la tela que le atenazaba los ojos, y en esa maniobra de ajuste, creyó oír un susurro, quizás el leve movimiento de una silla, tal vez la percepción ilusoria de alguien. Pero no. El silencio era tal, que el ingrávido aleteo de un mosquito hubiera parecido una fanfarria.

La voz de su mujer sonó como una bendición desde la cocina.

—Un momento, querido, aguanta: la sorpresa está al caer.

Era el verbo que más odiaba: el de la contención. Desde que se conocía había hecho del término contención una muralla que se interponía entre él y los demás; una línea de seguridad, la permanente tierra de nadie en la que ensanchaba su esfínter y ordenaba retreta a sus gases. Si bien supo contraer su estómago cuando escuchaba en el cuartel "fuego a discreción" o el "torpedo salió disparado", la palabra *contención* le provocaba en sus tripas ondas peristálticas primarias de igual manera que el carrito de los helados activa las glándulas salivales en los niños. Él era un hombre de acción, y como tal, no había llegado al mundo para contenerse. Cuando era pequeño creyó que el follo era algo que lo diferenciaba del resto, como las pecas en unos o la tartamudez en otros. Pero el día que se le escapó uno en la clase de urbanidad, en esa ocasión, digo, el maestro abrió puertas y ventanas, y exhortó a los alumnos: "Alguien necesita un bozal en la parte inferior de la espalda". Ese día intuyó que el follo no era una cuestión baladí y que, si Dios lo había elegido para sufrir el rigor de un airado metabolismo, era con el propósito de que distinguiera el fuego enemigo del que no lo era. A pesar de eso tuvo momentos de abatimiento en los que hubiera preferido el encuentro de una bala enemiga que el tufo inmisericorde a moscas muertas que acompañaban sus follos.

Se preguntaba dónde estarían los invitados, si vendría el presidente del Gobierno, el obispo de Cuenca, su amigo, su confesor... Sentado en la oscuridad, con las manos apoyadas en el respaldo de la silla, con la cabeza alicaída, casi rozando la barbilla en el plexo celiaco, frotando el zapato derecho contra el izquierdo para combatir la ansiedad, creyó oír el sonido lejano de un timbre, seguido de unos pasos remotos, acompañados de unas voces que, de inmediato enmudecieron. Para combatir la espera, Nicomedes de la Alegre España se llevó las manos al bolsillo de la americana, sacó un camafeo con la imagen de Santa Bárbara, patrona de Artillería, y comenzó a frotarlo. Un tic que le daba buena suerte. Sin embargo, quiso el azar que le resbalará de los dedos, y al agacharse para recogerlo se le escapó el follo con el que estaba luchando desde que llegó al palacio de La Granja. Fue la señal. Si había podido eludir ese follo avanzado fue gracias a la presión de sus glúteos contra el asiento. Y es que Nicomedes había aprendido a someterlos, a dominarlos, a clasificarlos cuando éstos merodeaban cerca del conducto pancreático, o más abajo, en las inmediaciones del colón pélvico, o del transverso descendente, que era el camino del desorden. Con el tiempo bautizó sus ventosidades con evocaciones a la honra militar. Al follo anclado le llamó *trinchera;* al macilento, *Terminator;* a la pedorreta, *zafarrancho,* aunque ahora, parodiando la situación por la que atravesaba el soldado, se dijo que los frentes eran difusos y el enemigo incierto. En eso estaba cuando de pronto sintió cierta incomodidad en el límite de la espalda, se ladeó, y otro follo se dejó sentir, con tanta fetidez que le propició una arcada honrosa, que, afortunadamente, no alcanzó la categoría de vómito. Las tripas se le movieron. Así que facilitó la expulsión de dos follos de la clase *coronel,* a los que solo les faltó la pólvora. Animado por el placer que le provocaban, se puso en pie y con el culo en "Plus Ultra" acertó con la trilogía de tres nuevos cuescos de los llamados menores (del tipo *retaguardia)* que, ociosos, llevaban minutos apostados en el esfínter superior.

El sentido ético de Nicomedes de la Alegre España le dijo que debía liberarse de todos los gases antes de que los invitados llegaran, ya fueran follos, pedos o de la clase mixta. Y aunque no conocía la identidad de las altas personalidades que debían agasajarle, discurrió que merecían ser tratadas con la consideración que sus altas magistraturas exigían. Sin espavientos, pero con determinación, tenía que dejar sus intestinos incólumes, inasequibles, vacíos de pronunciamientos.

Estaba solo. La venda le apretaba, pero resistiría la oscuridad impuesta. Se bajó los pantalones, desplazó los calzoncillos, alternativamente a uno y otro lado de los glúteos, buscó un punto de agarre, que encontró finalmente en un sillón de la corte, se curvó, encogió los músculos pélvicos y soltó dos follos afilados (de la clase *bayoneta*). Otra vez el olor a moscas muertas lo invadía todo. ¿Se vengaban los cochinillos? Alguien vomitó a escondidas. Hasta Nicomedes llegó la pestilencia agria, atroz, de los vómitos mezclados con la hediondez a coliflor cocida. Fue en ese momento de exaltación cuando, fuera de sí, se subió a la mesa, se puso de rodillas, sacó el culo en bandolera y girando sobre sí mismo soltó una sucesión de ventosidades mixtas (*andanadas*), que terminaron en una ligera escaramuza de color marrón. Se quedó vacío, volátil, casi etéreo, y calculó que, al menos, dos kilos de gases, más algún cuerpo sólido, habían salido de sus tripas.

Un ruido lo alertó. Nicomedes se sujetaba los calzoncillos con una mano, mientras la otra se entretenía en el filo de la mesa. Sobresaltado por aquel ruido inesperado, y por el coro de vómitos que no cesaban, le dijo a la única persona que podía mover una silla o desplazar un jarrón en aquel lugar de oropel.

—¿Eres tú, cariño?

—No cielo —dijo su mujer, soltando el pastel de fresones cortijeros—. Ya sé que no has querido herir a nadie, cariño, que no debí vendarte los ojos dado tu historial. Espero que el Gobierno y la Casa Real en su totalidad sepan comprender.

Nicomedes se quitó la venda en el mismo momento que la vicepresidenta del Gobierno soltó:

—¡Pues vaya...!

© Vanessa Miralles

Aunque su empeñó lo dedicó al periodismo donde trabajó en prensa, radio y televisión, **Dionisio Giménez** escribió relatos (*La Dama de Noche*), cuentos (*Palestina, la canción triste, Noches de vino tinto*) una biografía, (*El Caballero de Sexo Masculino*), un ensayo (*La casa de los ladrillos rotos*), una novela (*Bagdad Babylon-Hotel*), entre otros... Es también autor de *Fuera de Programa*, un libro de reportajes novelados, recopilación de sus mejores trabajos en prensa. Al igual que ocurriera en Portugal, Irak, Palestina, Nicaragua, Kurdistán, Jordania o en Panamá... el autor desborda las reglas restrictivas que acompañan al corresponsal para escribir lo vivido en primera persona. Una forma de revancha a las normas encorsetadas del periodismo convencional que tanto caracteriza la obra del autor.

Con *El discurso de la Corona y otros cuentos del 1-Octubre*, Dionisio Giménez recurre a la ficción (pero también a la probabilidad) para expresar la amplitud de emociones que suscitaron ese día. Lo hace con otra mirada narrativa como es el cuento, en los que denuncia los hechos que acontecieron en las ciudades y pueblos de Catalunya durante la jornada electoral del 1-octubre de 2017. Lo hace a partir de las secuencias que recogen los golpes y vejaciones sufridos por las personas que pacíficamente se disponían a votar ese domingo en unas papeletas y en unas urnas que fueron un prodigio de imaginación y complicidad.